倪匡奇情作品集

木蘭花傳奇 1

銳鬥

（含：迷霧、黑龍）

倪匡 著

目錄

迷霧

黑龍

【總序】

木蘭花VS.衛斯理——倪匡奇幻系列的兩大巔峰

秦懷玉

對所有的倪匡小說迷來說，《衛斯理傳奇》無疑是他最成功、也最膾炙人口的作品了，然而，卻鮮有讀者知道，早在《衛斯理傳奇》之前，倪匡就已經創造了一個以女性為主角的系列奇情故事，甫出版即造成大轟動，《木蘭花傳奇》遂成為倪匡眾多著作中最具特色與最受讀者喜愛的兩大系列之一；只因衛斯理的魅力太過強大，使得《木蘭花傳奇》的光芒被掩蓋，長此以往被讀者忽視的情形下，漸漸成了遺珠。

有鑑於此，時值倪匡仙逝週年之際，本社特別重新揭刊此一系列，希望藉由新的編排與介紹，使喜愛倪匡的讀者也能好好認識她。

《木蘭花傳奇》是倪匡以筆名「魏力」所寫的動作小說系列。原載於香港新報及《武俠世界》雜誌，內容主要是以黑女俠木蘭花、堂妹穆秀珍及花花公子高翔三人所組成的「東方三俠」為主體，專門對抗惡人及神秘組織，他們先後打敗了號稱「世界上最危險的犯罪集團」的黑龍黨、超人集團、紅衫俱樂部、赤魔團、暗殺黨、黑手黨、血影掌，及暹羅鬥魚貝泰主持的犯罪組織等等，更曾和各國特務周旋、鬥法。

如果說衛斯理是世界上遇過最多奇事的人，那麼打擊犯罪集團次數最高的，即非東方三俠莫屬了。書中主角木蘭花是個兼具美貌與頭腦的現代奇女子，在柔道和空手道上有著極高的造詣，正義感十足，她的生活多采多姿，充滿了各類型的挑戰；她的最佳搭檔：堂妹穆秀珍，則是潛泳高手，亦好打抱不平，兩人一搭一唱，配合無間，一同冒險犯難；再加上英俊瀟灑，堪稱是神隊友的高翔，三人出生入死，破獲無數連各國警界都頭痛不已的大案。

若是以衛斯理打敗黑手黨及胡克黨就得到國際刑警的特殊證明文件的標準來看，木蘭花在國際刑警的地位，其實應該更高。

相較於《衛斯理傳奇》，《木蘭花傳奇》是入世的，在滾滾紅塵中演出令人目眩神搖的傳奇事蹟。衛斯理的日常儼然是跟外星人打交道，遊走於地球和外太空之間，事蹟總是跟外星人脫不了干係；木蘭花則是繞著全世界的黑幫罪犯跑，哪裡有犯罪者，哪裡就有她的身影！可說是地球上所有犯罪者的剋星！

而《木蘭花傳奇》中所啟用的各種道具，例如死光錶、隱形人等等，一如倪匡慣有的風格，皆是最先進的高科技產物，令讀者看得目不暇給，更不得不佩服倪匡驚人的想像力。

尤其，木蘭花等人的足跡遍及天下，包括南美利馬高原、喜馬拉雅山冰川、北極、海底古城、獵頭族居住的原始森林、神秘的達華拉宮及偏遠隱密的蠻荒地區等，讀者彷彿也隨著木蘭花去各處探險一般，緊張又刺激。

《衛斯理傳奇》與《木蘭花傳奇》兩系列由於歷年來深受讀者喜愛，書中主要角色逐漸由個人發展為「家族」型態，分枝關係的人物圖越顯豐富，好比《衛斯理傳奇》中的白素、溫寶裕、白老大、胡說等人，或是《木蘭花傳奇》中的「天使俠女」安妮和雲四風、雲五風等。倪匡曾經說過他塑造的十個最喜歡的小說人物，有三個在木蘭花系列中。白素和木蘭花更成為倪匡筆下最經典傳奇的兩位女主角。

在當年放眼皆是以男性為主流的奇情冒險故事中，倪匡的《木蘭花傳奇》可謂是開創了另一番令人耳目一新的寫作風貌，打破過去女性只能擔任花瓶角色的傳統窠臼，以及美女永遠是「波大無腦」的刻板印象，完美塑造了一個女版〇〇七的形象。猶如時下好萊塢電影「神力女超人」、「黑寡婦」等漫威女英雄般，女性不再是荏弱無助的男人附庸，反而更能以其細膩的觀察力及敏銳的第六感，來解決各種棘手的難題，也再一次印證了倪匡與眾不同的眼光與新潮先進的思想，實非常人所能及。

《女黑俠木蘭花傳奇》共有六十個精彩的冒險故事，也是倪匡作品中數量第二多的系列。每本內容皆是獨立的單元，但又前後互有呼應，為了讓讀者能更方便快速地欣賞，新策畫的《木蘭花傳奇》每本皆包含兩個故事，共三十本刊完。讀者必定能從書中感受到東方三俠的聰明機智與出神入化的神奇經歷，從而膾炙人口，成為讀者心目中華人世界無人能敵的女俠英雌。

迷
霧

1 神秘男

南方的冬天，雖然來得遲，但終於來了。

深夜，寒風呼號，在市區中還不覺得怎樣，但是在郊外，卻是落葉飄飄，蕭瑟之極。

這裡是十分靜僻的郊區，但也有著幾幢華麗的別墅，每一幢別墅的鐵門，都緊緊的閉著。但是卻有一幢是例外。

那幢兩層西班牙式的別墅，牆上爬滿了爬山虎。它的門開著，門外停著一輛摩托車。這時，從客廳的長窗中，有昏黃的光芒一閃。

那黃昏的光芒，是發自一支手電筒的，大廳中十分黑暗，因之看不清持手電筒的那個，是什麼樣人，只是看到一條黑影，身量相當高，緊貼著牆壁站著。

手電筒的光圈並不強烈，但是在大廳中移來移去，可以看出這幢別墅中的陳設是極盡華麗之能事的。

驀地，手電筒的光芒，停在大廳中間那張翠綠色的地毯之上。

11 銳鬥

在地毯上，一個人曲著身子躺著。

那是一個死人。

那個死人，實在死得太難看了，因此，當那圈昏黃色的電筒光芒照到那死人的面上之際，光芒震動了一下，顯得那手持電筒的人吃了一驚。

那已不再是一張人的臉，而只是血肉模糊的一塊！

「啪」地一聲，電筒熄滅了，大客廳之中，又是一片漆黑。

那個人又向後退出了一步，來到了客廳的一角，他的心中，十分混亂。

如今，他所知道的只是：一個人死了，他是死於一種新型的槍彈，那種槍彈在射中了目的物之後，會發生輕度的爆炸，所以死者的臉上才成為血肉模糊的一片！

他知道，那種槍彈，除了幾個大國的特務部門用來作暗殺之用以外，很少在普通的場合出現，他也只是聽得人說起過而已。

但如今，躺在大廳中的死人，卻的確是死於這種子彈之下的。

除了這一點是他可以肯定的之外，他對一切都感到茫然，他甚至不知自己為什麼會來到這裡！

大客廳之中十分黑暗，也十分寂靜，只有那人一個人，呆呆地站著。

約莫過了五分鐘，突然聽得警車的嗚嗚聲，衝破了寒夜的寂靜，向這棟洋房傳了過來。

那停在黑暗中的人猛地一震，轉過身就向樓梯上奔去，他的步伐，矯捷而又輕盈，就像是一頭美洲黑豹一樣。

轉瞬之間，他已到了樓上。

在他到了樓上之際，大門口也已經傳來了「砰砰」的拍門之聲，那人在樓梯上又猶豫了一下，像是在想著是不是應該去開門一樣。

但是他終於沒有去開門，而是奔進了一間臥室，打開窗子，向外望了一望，一個翻身，便從窗子中向外跳了出去。

他的身子在半空的時候，捲曲成一團。

那窗子離地約有十五呎高下，但是，當他雙足落地之後，他的身子陡地彈直，人又蹦高了兩呎，一個轉身，便向後街口奔去，轉眼之間便出了街口。

他急步在人行道上走出了十來碼，在街燈柱下停了下來，燃著了一支菸。

就著街燈的光芒，可以看到他是一個瘦削而又十分英俊的男子，有著典型的紳士風度。

他穿著一套灰色的厚呢西裝，質地和縫工都是上乘的，因此更顯得他的風度不凡，他「啪」地打著手中金質「鄧海爾」牌打火機時的姿勢，更有點像貴族派的電影小生，他這樣的一個人，和跳窗而下這件事，是絕對不能聯繫在一起的。

他點了菸，深深地吸了一口，目送著兩輛呼叫著的警車向前馳去之後，便迅速地穿過了馬路。

剛好在這時候，一輛的士緩緩地駛了過來。

他揚起手來：「的士！」

那輛的士在他的身邊停下，他打開車門，跨進了車子，又轉頭向後看了一眼。

「先生，」的士司機的聲音十分低沉，「去哪裡？」

「鳳鳴道。」

的士向前駛去，轉了一個彎，的士司機過分低沉的聲音又喃了起來。

「先生，風真大啊！」

那人開始注意的士司機，「嗯」地一聲。

「天冷，」的士司機轉著駕駛盤，車子急速地轉了一個彎，「生意就難做了，是不是？」

好傾談的司機不是沒有，但這位司機似乎太多嘴一點了，他直了直身子，心中已提高了警覺。

但就在這時候，那司機卻突然回過頭來。

他本來是戴著鴨舌帽，將帽舌拉得十分低，而一回過頭來之後，他伸手將帽舌向上頂了頂，露出了他整個面來，發出了一聲獰笑，道：「高翔，你想不到我改行做的士司機了吧！」

那人瘦削的面上立時現出了吃驚的神色，但是他卻並不發生驚呼，一欠身，手臂如蛇一樣，已向的士司機的頸際箍去！

的士司機喉間發出了「咯」地一聲，雙手離開了駕駛盤，來扳開那人的手臂。車子失了控制，向前如同野馬一樣地俯衝了下去。

也就在這時，車後玻璃上突然響起了「啪」地一聲；那人想轉過頭來時，已經慢了一步，一陣寒風捲進了車廂中，他腦後已經被一根冰冷的槍管抵住了。

同時，發自他腦後的一個冷峻的聲音，「嘿」地一聲冷笑，道：「高先生，高大俠客，想不到我們全在這裡吧！」

聲音是充滿著調侃意味的，而且立即轉為斷喝：「快鬆手！」

那被這兩人稱作「高翔」的人，手臂一鬆，司機連忙握緊了駕駛盤，猛地一轉，車胎和路面摩擦，發出了極其刺耳的一下尖叫聲，車子在離一個交通崗只不過三呎距離處轉了過來，沒有撞上去。

「將你的手放在頭上。」他身後的聲音命令。

高翔將兩手交疊著放在頭頂上，在那樣的姿勢下，他右手無名指上，一隻老大的紅寶石戒指也顯得格外寶光閃閃。

司機將車子開得飛快，寒夜的街道上十分靜寂，足可供他飛車。

而在高翔身後，以手槍抵住了高翔後腦的人，則蹲在車子的行李廂中。

原來那輛車子的行李廂蓋早已被除去了，上面覆了一重油布。

當的士駛到高翔身邊的時候，雖然精明得像高翔那樣的人，也不會去察看一輛的士的行李廂的。而車子的後窗玻璃也早被割開了一個洞，恰好可以伸進一隻手來——當然，手上是握著槍的。

這一切，在剛發生的時候，高翔心中也不禁莫名其妙，因為車子中，在他的身後絕容不下第二個人，何以會有人在他的身後，以槍抵住他呢？

但當車子繼續前駛之後，他從車子兩旁窗子的反映中，已看出了後面的情形。他是一時不察，才落在對方的手中。

但這時，他面上卻一點驚惶的神色也沒有，反倒有一股怡然自得的神氣。

這正是他的過人之處，也就是他在充滿著冒險和傳奇式的生活中能夠不倒下來的原因。

趁著這個機會，來介紹一下高翔的為人。

高翔，只不過是他無數姓名中的一個，他的名字多得數不清，連他自己也記不了那麼多，隨著不同的需要，可以千變萬化。

在表面上，高翔是馳騁商場的能手，他才三十出頭，但已擁有一家規模十分大的出入口洋行，生意興隆，人家稱他為「商場最有前途的人」。在上流社會的社交活動中，少不了他的份兒。

但是在暗中像許多人一樣，他也不免幹一些非法的勾當——只不過，我們的高先生，是不肯承認「非法」這兩個字的，據說，他所幹的勾當，只不過是法律所及不到的部分，由他來代為施行而已，譬如說，本地有一個人所皆知的黃金走私集團，勢力之大，走私方法之巧妙，使得警方也為之束手無策。

但是有時候，一大批黃金在私運途中會突然地失了蹤，使得大走私集團也為之徒呼負負，這就是高翔的神通了。

又譬如，某大富翁夾萬中的鈔票，多到連他自己也數不清了。而富翁的通病便是不相信人，當然不會雇人去代數鈔票的。

於是，高翔便自告奮勇了，他會在月黑風高之夜，偷偷地打開夾萬，將其中的一小部分鈔票，放入他自己的口袋之中，以「減輕富翁的負荷！」

再譬如本地的毒販，備了一大筆現款，向外地的毒販代表購買毒品，但如果這件事被消息靈通的高翔事前知道了的話，那麼，他就會巧妙地搖身一變，變為外地毒販的代表，而收了大量現款之後，交給本地毒販一大包一級麵粉！

高翔通過這種活動，收入十分可觀，偶然，他也會以「無名氏」的名義，捐出一小部分去充善款，於是久而久之，他居然被稱為「劫富濟貧」的「俠盜」了，但是他自己卻從來沒有那麼以為過。

他從事這種活動已不是一年了，當然結下了不少冤家，如今，的士上的那兩個人，自然是他的仇人了。但高翔卻想不起在哪一件事上和這兩個人結下怨的，他只不過覺得那司機面熟而已。

他想了一會，斷定這兩個人一定是小腳色，要不然，怎會想不起他們來？高翔的心中更是泰然了，小腳色是最容易對付的！他甚至舒服地擱起腿來！

「倒是今天晚上發生的事情，值得仔細想一想！」高翔心中在想著。

他望著外面一片漆黑的街道，回想起今天晚上所發生的事來。

半個小時之前，他還躺在溫暖的被窩中，在他旁邊的，則是一個半裸的美女——附帶說一句，高翔正在「人不風流枉少年」的年齡，而且他的口袋中，永遠有著那麼多的鈔票，所以，在他身邊的女人，幾乎每天都是不同的。

但也有相同之處，那就是她們都是那麼地豐腴美麗，風情萬種，她們都想以自己的美麗、丰姿來捕捉高翔的心，但是卻沒有一個人成功。

高翔在柔和燈光之下和迷人的輕音樂中，像鑒賞古董也似地望著他身邊那打扮得像洋娃娃似的女人，那女人則「伊伊唔唔」地，不知講些什麼。

高翔發出一個滿足的笑容，正當他要去按燈掣熄燈之際，電話鈴響了起來。

高翔的身子立即坐直。

「別去聽！」那女人以濃重的鼻音說。

但高翔已經伸手抓起了聽筒。

他的住處頗多，自然每個住處都有電話，但是電話號碼公開的卻不多，而有幾個電話號碼，正是有什麼緊急的事情時，他手下通知他之用的。

他抓起了話筒，並不出聲。

那面傳來了一個顯得十分焦急的聲音：「是高先生麼？我是賀天雄！」

「賀天雄」這三個字一傳入高翔的耳中，高翔的雙腿已跨下床來。

「唔，做什麼呀——」床上的嬌娃將她的長髮巧妙地遮在她半裸的胸前，使她的姿態看來更其迷人，更其美麗，但高翔卻完全不去看她。

「賀天雄，」他的聲音十分冷峻，「我與你並沒有往來，你深夜找我做什麼？」

高翔是知道賀天雄這個人的，賀天雄不但為本地警方所注意，並且受國際警察部隊的注意，因為有好幾宗大珠寶走私案都和他有關。

而且，高翔還曾聽人說起過，珠寶走私不過是他掩護身分的一種手法。一個人的身分，要以「走私犯」來掩飾他原來所從事的工作，性質之可怕，也可想而知了。

一點也不錯，高翔聽到的便是，賀天雄是為某一大國服務的特務，由於他利用了走私犯的身分，使得其他各國的特工人員不會對他引起注意，所以他成績斐然。而近幾天來，賀天雄的行動，不但為警方注目，而且也為高翔這樣的人物所注意。

那是因為一個僑居在緬甸的歐洲科學家，發明了一種奇妙的武器，這種武器如果得到大規模的製造，那麼，如今世上在使用著的所有槍械，都要成為廢物。

簡單來說，這種武器，是使光線束成一條直線，穿過人的身體，而使人身上全無傷痕，但是體內的組織卻受到徹底的破壞，在十分之一秒內死亡！

那種武器，由那個科學家製成了一個樣品，連同它製造的圖樣，已由東南亞某一個具有侵略野心的國家重資收購。盛傳這一個國家所出的代價是二十萬英鎊，就在本地，一手交貨，一手交錢，再由那個國家的特工人員將這件秘密武器的樣品和製造圖樣帶回他們的國家去。

二十萬英鎊，這是一個十分巨大的數字，其將引起所有三山五嶽的人注意，是必然的事。

但是，那種能放射出致人於死的武器究竟是什麼樣子，它將通過什麼方式運來，卻沒有人知道。各方面所獲得的資料，只有一點，那便是：賀天雄是本市的接貨人，將經由他的手，將「死光武器」和製作圖樣再移轉出去。

這幾天來，像高翔那樣，想染指這一筆為數達二十萬英鎊鉅款的人，並不止一個，但賀天雄是怎樣的一個厲害人物，人家也全知道，有不少人經過詳細的考慮之後，認為和賀天雄作對沒有好處，因此便放棄了，但高翔則不！

二十萬英鎊，這可以使高翔舒服很長一段時間了，他這幾天來，一直派人在暗中監視著賀天雄的行動，但是他卻想不到，賀天雄會在深夜打電話給他！

「高翔，你聽著！」賀天雄的氣息急促，聲音也十分焦急，「我立刻要見你，有十分重要的話和你說，你立刻來！」

高翔腦中迅速地轉著念頭。在片刻之間，他自己問自己，發出了上百個問題：「賀天雄找我做什麼？他有什麼重要話要和我說？」

但是，不等他將那些問題問出來，對方已經收了線。

高翔握著話筒，呆了片刻。

那女人雪白的手臂勾上了他的頭頸，濃重鼻音的聲音道：「親親，還不睡麼？」

高翔近乎粗暴地推開了那條手臂，跳了起來，衝進了隔壁的一間房間，那是他每一個住所特備的房間，只不過兩分鐘的時間，他便已穿好了衣服，並且藏好了冒險行動時可能應用到的一切用具，又走了出來。

那女人也站了起來，瞪大著眼睛，道：「你……你去哪裡？」

高翔頭也不回，道：「一個朋友生急病，我去看他。」

「你……」那女人著急起來，「將我從夜總會帶了出來，就這樣走了？」

高翔已推開了門。「床頭櫃抽屜中有錢，你愛拿多少，就拿多少好了！」

「我都拿了，怎麼樣？」女人的眼睛又充滿了風情。

「那也隨便你！」他「砰」地關上了門。

高翔才一關上門，那女人以意想不到的速度從床上一躍而起，拉了拉下垂的乳罩帶子，向窗口奔去，拉開了窗簾的一角，向下望去。

窗是落地長窗，外面是一個十分寬敞的陽臺，當那女人拉開一角窗簾向外看去的時候，她只是在察看高翔是不是已到了街上，卻沒有發現，在陽臺上，有一個人影倏地一閃。

那人影本來分明是伏在窗外察看這間臥室中的情形的，這時，那人影一閃，閃到了黑暗之中，躲了起來。

那女人站在長窗之前，不一會，便看到高翔穿過了馬路，不到三分鐘，高翔已截了一輛的士，向遠駛去。

那女人臉上現出了一絲微笑，那種微笑，是十分陰險和可怕的，和她迷人的身材，美麗的面龐十分不相配。

她扭著水蛇也似的細腰，來到了電話機旁，撥動了號碼，那頭的電話鈴聲響了七下，她放下聽筒，再撥同樣的號碼，這一次，那頭鈴聲一響，便有人拿起了話筒，那女人的聲音仍是十分低沉，但卻已不像剛才那樣性感了。

「夏威夷報告。」她說。

「三藩市在聆聽。」那面是一個粗壯的男人聲音。

「他走了。」那女人只說了三個字，便放下了聽筒，她以十分快的速度穿好了衣服，拿起手袋，披上大衣，開門走了出去。

她還沒有關上門，又轉過了身來。

當那女人打電話的時候，躲在陽臺上的黑影已貼在窗上向內張望，那女人一轉過身來，黑影又向旁躍了開去。

那女人來到了床頭櫃之旁，拉開了抽屜，抽屜中果然有幾疊鈔票在，她取了其中的兩疊，放入了手袋之中，向著那張剛才她躺過的床，飛了一個吻，道：

「再見了，高先生！」

她得意地笑了起來，出了房門，「砰」地將門關上。

不一會，她已出現在馬路上，一輛汽車駛過，她跨上了車子。

臥室中的燈還沒有熄，那躲在陽臺上的黑影，這時開始活動了。

他取出了一柄小刀，在玻璃上劃了幾下，伸指一叩，「啪」地一聲，玻璃窗上便出現了一個可供手伸進去的小洞。

然後，他伸進手去，輕而易舉便將門開了開來，閃身而入。

房間中瀰漫著名貴的香水氣味，和暖洋洋的溫和，比起在陽臺上冒著刺骨的寒風，自然要舒服得多了。

所以，當他進入房間之後，便伸了一個懶腰，舒了一口氣。

房間中的燈光仍然未曾熄滅，但是卻沒有法子看清那個進屋來的是什麼人。

因為，他身上穿著一件類似工裝的特製衣服，那件衣服將他的全身包住，連頭部也在那種麻質的衣料之內，只有一雙眼睛露在外面，所能見到的，只是他的一雙眼睛之中閃爍著精明、果敢、智慧的眼光而已。

只見他伸了一個懶腰之後，又拉開窗簾，向外望了一眼。

街道上十分寂靜，陽臺上也不再有人。

他逕自來到床頭櫃旁，他的目的顯然不在乎錢，因為床頭櫃的抽屜中還有鈔票，但是他卻連看也不看，他的眼睛停在電話機的電線上。

突然，他取起了連接聽筒和電話機的那根電線，仔細地檢查著。

約莫過了一分鐘，便給他發現，有一條十分細的銀線駁在電話線上，他的眼光中現出了喜悅的神情，沿著這根銀線，到了床頭櫃附近的牆上。

牆上是貼著牆紙的，看來毫無破綻，但是那人伸指在牆上叩了叩，便立即發現有一處所發出來的聲音十分空洞。

那人用掌用力在牆上一擊，只聽得「啪」地一聲，一扇呎許見方的暗門，被他打了開來，一架錄音機正裝在那暗門之內！

那人站起身來，提起了電話聽筒，錄音盤便轉動起來，他一放下聽筒，錄音機便停止了動作。

那具錄音機，顯然是連接電話，可以錄到電話中交談的一切！

那人放下了聽筒，又蹲下身子來，按動了錄音機上的掣，只聽得剛才幾下撥動電話的聲音，接著，是電話鈴響了七次的聲音，接著，便是「啪」地一聲收線的聲音，然後，又是撥動號碼的聲音。

再下來，便是那女子的聲音！

「夏威夷報告。」

「三藩市在聆聽。」

「他走了。」

「卡」地一聲，雙方都收了線。

那人將錄音帶倒過來又聽了一遍。這一次，他取出了一支秒錶來，記錄著那女人兩次撥電話時，電話號碼盤轉動的時間。

根據電話號碼盤轉動的時間，是可以知道所撥的是什麼號碼的。

那人顯然得到了滿意的答覆，他取出了一本小本子，在其中的一頁上，寫下了「081487」六個阿拉伯字母。

然後，他將那扇暗門關好，將電話線上的那根銀線又放回不易出現的地方，打開門，向外張望了一下，以極其輕盈的步法向外走去！

那時，高翔正在的士之中。高翔自然不知道，在他走了之後，那個和他在夜總會中相識，一見便打得火熱的美嬌娃，曾經做過一些什麼事情。

而那個美嬌娃當然更不知道，在他走後，會另外有人進來，她也不知道高翔在電話上裝有錄音設置，以致不但後來的那個人，不但聽到了她所打的那隻電話的內容，而且知道了她所撥的電話號碼。

人人都當自己是最精明的人，正在走向勝利，但是螳螂捕蟬，黃雀伺其後，強中還有強中手！在即將展開的龍爭虎鬥中，正不知是誰存誰亡！

高翔在離開了住所之後，早已將那個女人拋到了九霄雲外。

他只是不斷地在想著，賀天雄叫自己去做什麼，是不是賀天雄感到他這次行動太受注目了，而獨力難行。需要自己的幫手！如果是那樣的話，那麼，只要條件適當，自己倒可以答應。

他想起自己不必出多少力，或許可以有一大筆報酬在等著他，面上不禁浮起了得意的笑容來。

2 嫌疑犯

的士停在一幢西班牙式的洋房之前，他下了車，在車子駛走了之後，他卻並不按鈴，而是攀過了圍牆。

那是他行事的原則，即使一切都順利，也要小心預防。

何況賀天雄決不是普通人物！

他翻越過了圍牆之後，無聲無息，像貓一樣地向前走著。

他到了客廳的窗子外面，略略露出半個頭來，向裡面張望，只見一個紫黑臉膛的漢子，滿面俱是焦急之容，正在不斷地搓著雙手，走來走去。

他面上的神色十分焦急，不時望著門口。看樣子正在等待什麼人。

那人高翔是認識的，就是賀天雄。

高翔看了一分鐘，感到滿意了，雙手用力一拉，將那扇窗子拉了開來。賀天雄陡地轉過身來，手一揮，一柄烏油油的手槍已對準了高翔！

高翔輕輕巧巧地落了下來，道：「賀先生，你慣於這樣招待朋友的麼？」

賀天雄「啊」地一聲：「原來是你！」

「不錯！」高翔向前走了兩步，他的手插在衣袋之中。

當然，他雙手並不是無意識地插在衣袋中的，他的右手正握著一柄性能優越的手槍，賀天雄只要一有開槍的樣子，他的子彈一定可以搶先發了的！

但是賀天雄卻絕沒有開槍的意圖。

高翔並不是第一次面對著一個握著手槍的人了，他可以判斷出誰會開槍，誰不會開槍，賀天雄這時心中顯然有著焦急之極的事情。

因為他的面上變色，手在發著顫，眼睛發紅，講話的時候，連嘴唇也在哆嗦。

賀天雄是非法之徒中的非法之徒，他焦急到了這一程度，那麼他心中就一定有著真正的焦慮。何況，他看到了高翔之後，立即便將舉起的手槍垂了下來。

「賀先生，我來了。」

高翔仍然將手插在袋中，向前走了幾步，在一張沙發上舒適地坐了下來，翹起了腳，「我是被你從暖洋洋的被窩中叫起來的，而且當時還有一個美麗的女郎在我的身旁，你應該知道，這應該付出相當的代價的！」

他開始試探賀天雄，但賀天雄卻顯然急得不及轉彎抹角了。

「高先生，」他喘著氣，「我需要你的幫助，不論什麼代價，我都可以付出的。」

「看來事情已很急了，賀先生。」

「是的，你一定已聽說了，那批綠玉……」

「事情果然和那批綠玉有關。」高翔一面使自己的身子在沙發中坐得更舒服些，一面在想著。

「那批綠玉……」賀天雄的氣息更其急促，他額上的汗如雨而下，「如今，有人要殺我！」

「是麼？」高翔的回答，還十分輕鬆。

但是，在他發出了「是麼」兩字的回答之後，不到十分之一秒的時間之內，他整個身子卻像是裝著彈簧一樣地直跳了起來！

因為，他的話才一出口，大廳上的那盞水晶吊燈突然熄滅！

吊燈一熄，眼前便一片黑暗，高翔一跳了起來之後，立即在沙發背後蹲了下來。

「高翔，他們來了！他們來了！」

高翔在沙發背後，聽得賀天雄叫了兩聲，接著，便是「撲」地一聲響，聲音聽來輕得出奇，一隻氣球爆破的聲音都要比它響得多了。

但高翔一聽便可以聽出，那是裝有滅聲器的手槍所發出的聲音。

高翔在等著第二下聲音。

那第一槍來自窗外，這一槍的目標，自然是賀天雄，而這一槍如果射中了賀天雄，賀天雄的身子會倒下去，射不中賀天雄，賀天雄會還手，總之，都會有聲音出來的。

他估計得不錯，隨著那一槍聲，第二下聲音來了，然而出乎他意料之外，第二下聲音既不是賀天雄倒地的聲音，也不是賀天雄還手的槍聲，而是一下輕度的爆炸聲，接著，才是賀天雄倒地的聲音。

高翔在各種槍械上下過不少研究工夫，他一聽到那一下並不十分響亮的爆炸聲，心中便吃了一驚。

他知道那是一種特殊的槍彈，中槍之後，會發生爆炸，如果中槍者是頭部中槍的話，那麼在經過爆炸之後，將沒有人認得出他是誰來，這種槍彈是專供暗殺之用的。

高翔的心中迅速地轉著念，同時，他慢慢地將頭探出沙發背後。

窗外有些亮光，但是卻絕無人影，而大廳之中也靜到了極點，一點聲音也沒有，有點令人毛髮直豎。

高翔並沒有伏了多久，身子仍蹲著，但已迅速地向旁移開了三呎，到了另一張沙發的背後，他身子雖然移動著，但大廳之中仍是一點動靜也沒有。

高翔又等了大約三分鐘，肯定大廳中只有他一個人時，他才站了起來，撳亮了他隨身所帶的小電筒，電筒昏黃的光芒在大廳中來回照射，終於照在地上死人的臉上。

賀天雄死得實在太難看了，他面上已是血肉模糊的一團！

高翔並沒有在大廳中停留多久，便因為有警車聲的傳近而離去。

而當他離去之後，他卻又在的士之中被人制住，駛向不知何處！

高翔坐在的士中，保持著鎮定，將今天晚上所發生的事想了一遍。

他的心中，這時也充滿了疑團。

他不知道殺賀天雄的是什麼人，不知道賀天雄在午夜要他來做什麼，更不知道如今硬將自己架走的兩個，是什麼人物。

高翔想了片刻，才微微一笑。

「我可以擰一擰頭麼？」他說得十分輕鬆，全然不像他腦後有槍指著。

「可以。」一他身後傳來冰冷的聲音。

高翔轉過頭去，向身後那人微笑了一下。

「不外乎是錢，是麼？」

「這一次不是為錢！」他身後那人面上木然，一點表情也沒有。

不是為錢！高翔的心中陡地一涼。

不是為錢，難道自己和這兩個並不十分熟悉的人，竟有著這樣的深仇大恨，使他們非要殺害自己不可？

高翔一面想，一面又慢慢轉過頭去，他所看到的事，更使他心頭亂跳！

他看到身後的那人，正以極快的手法，在他的槍管上加上了長長的滅音器，加了滅音器之後，殺一個人所發出的聲音，不會比打死一隻蚊子更響！

高翔的身子，陡地一縮。

在他身子一縮之間，他已經雙手抓住了車子的坐墊，他準備立即以極大的力道將車墊拉起來，向後面拋過去，那樣，他將可以將身後的那人的視線遮住。

但是也就在這時候，車子發出了一下刺耳的聲音，驟然停下來。

高翔的身子，猛地向前一衝。

那一衝是由於突然停車的結果，對高翔來說，那也是千載難逢的機會。

他乘著這一衝之勢，右手五指抓拳，中指凸出，向司機的後腦猛地打出。

這一下，是「空手道」中的絕招，那司機頭一側，便昏了過去，而高翔的身子已經疾躍過了椅背，到了前面的座位上伏了下來。

他身子才一伏下來，便取出了手槍，隔著背墊，向後開了一槍。

他無法知道這一槍是否命中，因為他不能探頭出去看。如果他探頭出去看的話，那麼他自己便首先變成槍靶子了！

他的槍聲，衝破了黑夜的沉寂。

高翔又向窗外瞧了一眼，這才發現，車子是停在一條十分冷僻的冷巷中，所以槍聲聽來才那樣地異樣。

他向車後開了一槍之後，連忙又一槍發向車門。

那一槍，擊壞了車門，車門打了開來，高翔身子一滾，滾出了車外。

他一出車外，立即一矮身到了車子的另一邊。

可是，他身子還未曾找到有利的地方蹲好，在他的背後便又傳來了一個冷冷的聲音，道：「舉起手來！」

高翔還想掙扎。但是，那個聲音又冷冷地道：「高翔，我勸你放棄反抗，你看看四面的窗口。」

高翔抬起頭來，向冷巷兩旁的窗子望去。

幾乎每一個窗口都有一個人站在窗前，而站在窗前的人，手中也都毫無例外地擎著長程射擊的來福槍。

如果這些人一齊向他發射的話，那麼他的身子，可能在一秒鐘之間變為蜂巢！在那樣的情形下，高翔實是沒有法子不放棄抵抗！

他將手中小巧玲瓏的手槍抹了一抹，拋在地上，然後，舉起手來。

那時候，他心中只在想著一點：這是一個什麼背景的大組織呢？何以自己竟從來也未曾聽得人說起過本市有著那樣的一個大組織？

在那輛的士後面的那人，這時也已躍出了行李廂，被高翔以空手道擊昏過去的人，這時也已掙扎著醒了過來，兩人一齊以槍指住了高翔。

「向前走！」

「到哪裡去？」掙扎，反抗，是毫無希望的了，高翔一面向前走著，一面聳著肩問。

「到前面去，你就知道了！」

高翔強笑了幾聲，向前走著。

走出了不到十碼，身後又傳來了呼喝聲：「站住，向左轉，開門進去。」

高翔一一照做，他扭開了門，走了進去，那是一幢很古老的屋子，燈火通明，但是在外面來看，卻看不到半絲燈光，因為所有的窗子上都有著厚厚的黑絨窗簾，將光線遮住。

高翔一顆心七上八落地跳著，他不知道前面在等著自己的命運是什麼，他甚至不知自己是落到了什麼人的手中！

他感到了從所未有的焦急，手心中已在隱隱出汗，好不容易才到了走廊盡頭的一扇門處。

「推門進去！」在他身後的聲音又命令道。

高翔倏地轉過身來，在他身前三碼處，是兩柄烏油油的槍管和冷酷無情的聲音：「推門進去！」

高翔除了服從命令之外，已絕無多作考慮的餘地了！

他頹然地轉過身，握著門鈕，慢慢地旋轉著，在那一瞬間，他還在轉著念頭，設想著如何方始能夠安然脫身！

然而，儘管平時他的頭腦靈活，這時他卻想不出什麼法子來。

他心中嘆了一口氣，轉動門鈕，推門進去。

他在門一被推開時，便定睛向前看去。

只見他陡地一呆，面上露出了一個驚訝之極的神色，繼而，他突然哈哈大笑起來。他笑得那樣認真，那樣大聲，以致他連淚水也迸了出來。

他一面笑，一面向屋中走了進去，倒在一張單人沙發上，仍是笑個不停。

那間房間內的佈置，像是一間辦公室，有著四張辦公桌，每一張辦公桌後，都坐著一個人。

最左那張桌子，坐的是一個十分美麗的女子，約莫二十三歲年紀，看來她是秘書，因為她的手中拿著一枝筆，而桌上則放著一大疊白紙。

但是，如果仔細看一看的話，便可以發現，這位美麗的女郎，有著一雙聰明深邃之極的眼睛，使人不敢逼視！

另外三張辦公桌後，坐著三個中年人，這時，其中的一個，手按著桌子，站了起來，道：「高先生，事情並不好笑！」

高翔又哈哈大笑了幾聲，才站了起來。

「怎麼不好笑？」他攤了攤手，「大名鼎鼎的陳嘉利探長，竟命手下將我綁架到這裡來。」

那站著的中年人，面相十分威武沉著，他正是本市最負盛名的探長陳嘉利。

高翔絕未想到，自己千擔心萬擔心將會落在什麼冤家對頭的手中，但結果，卻會和警方的高級人員會了面！

「高翔，如果我處在你的地位，我一定不笑了！」陳嘉利探長手插在褲袋中走向高翔。

「我？為什麼不笑，我又未曾犯法！」

「你剛才從賀天雄的家中出來？」

「是又怎麼樣？」高翔雖然還力作鎮定，但神色已不像剛才那樣自然了。

「賀天雄被人謀殺了！」陳探長的語音十分沉重，「而你是最後離開賀天雄家的人！」

「你是說——」高翔講了三個字，便難以再向下講下去。

「不錯，我說你有著謀殺賀天雄的最大嫌疑！」

高翔頹然地在椅上坐了下來。的確，無論那一方面來看，他都有著謀殺賀天雄的最重大的嫌疑，看來，最好的辯護律師也難以洗脫他的嫌疑了。

但是，在這時候，他的腦中又露出了一絲曙光，那就是：為什麼陳嘉利探長不以通常的程序將他落案控訴，而要用那麼秘密的方式，將他帶到這裡來呢？

他抬起頭來，想問陳嘉利探長。

陳嘉利探長也望著他。

兩人對望著，屋子內十分靜寂，甚至沒有人有動作，只有那美麗的女郎，面上帶著神秘的微笑，在玩弄著手中的鉛筆。

約莫過了五分鐘。

「我明白了。」高翔先直了直腰，站起身子來。

「你明白了什麼？」

「警方並不準備控訴我！」

「好。算你聰明，但是必需有條件。」

「好啊，做起買賣來了，如果我不答應呢？」

「那就控訴你謀殺賀天雄！」

「你們這些人！」高翔大聲叫著：「明知我沒有謀殺賀天雄，卻如此要脅我！」

「哈哈，」陳嘉利探長笑了笑，「高先生，你應該相信造化弄人這句話。過去，你犯下了無數案子，警方一點證據也沒有，而如今，你根本沒有犯案，警方卻有著充分的證據，可以證明你謀殺賀天雄！」

「胡說！」

「穆小姐，」陳嘉利探長轉過頭，向那位美麗的小姐說：「沖洗間已將軟片沖出來了麼？」

「沖出來了！」從美麗的櫻口中吐出了美麗的聲音。

「什麼軟片？」高翔有些慌張地問。

「一個短短的故事，說不上什麼情節！主演者是你——高翔先生！」

高翔的神情，有些不知所措。

也就在這時，有人敲門進來，送進了一大捲電影軟片，在陳探長左邊的一個警員，以熟練的手法上了軟片，熄了燈。

對面的一幅白牆上，出現了夜景，一幢花園洋房，一個人偷偷地接近洋房，那個人正是高翔，高翔躍進了洋房，賀天雄出現了……

一切，全是高翔剛才所曾經經歷過的，電影放映到洋房大廳中的電燈突然一黑之後，高翔忍不住叫道：「不關我事！」

電影繼續放映下去，看到了手持手電筒的高翔，將電筒光射在血肉模糊的死人的面上，直到高翔轉身逃走為止。

房間中的電燈重又大放光明，高翔頹然地坐在沙發上，額角上有汗珠滲出。

「高先生，如果陪審員看到了這一段精彩的電影之後，會有什麼感想？」

高翔不出聲。

「我們不妨告訴你更多，這一個星期來，警方日夜在監視著賀天雄，我們的目的，是要制止死光武器的交易在本市進行！」

陳嘉利探長講到這裡，頓了一頓。

「在賀天雄住宅的四周圍，有著八架自動攝影機，從各個不同的角度拍攝賀天雄的一切動靜，結果十分圓滿，你已經看到了？」

高翔無可奈何地點了點頭。

陳嘉利探長一笑，道：「怎麼樣？」

「我只想知道一點！」高翔抬起頭來：「為什麼在有著這樣的證據下，警方仍然可以肯定賀天雄不是我所謀殺的呢？」

「第一，殺人不是你的作風。」

「就憑這一點？」

「當然不，還有一點小小的證明。剛才，電影放至大廳燈光黑了之後，便看不出任何東西了，但是，另一具受無線電控制的紅外線攝影機，卻開始了工作，你可以看看它的成績。」

陳嘉利探長作了一個手勢，那警員換上了另一卷菲林，屋子中的燈光重又熄滅，牆上出現了一片暗紅色的畫面，可以看清楚，那是賀天雄的大廳，那是大廳中燈光熄滅之後所發生的情形！

高翔雖是身歷其境的人，但是在燈光熄滅之後，賀天雄究竟是怎麼中槍死的，發槍的是什麼人，他也沒法子知道，所以，這時候他欠起身，全神貫注地看著。

除了他之外，還有一個人，也幾乎是屏住了氣息，注視著那幅牆，她便是陳嘉利探長稱之為「穆小姐」的女郎。

只看到高翔突然發呆，突然迅速地向沙發後面躍去，而一道耀目的火光，從屋角一隻古瓷花瓶之旁射了出來。

當時那道炫目的光射出之際，畫面約有半秒鐘的時間，是一片炫目的白，什麼也看不到，那是因為紅外線攝影機受了過強的光芒影響的結果，接著，畫面又恢復了暗紅色，只見賀天雄已倒在地上，血污滿面！

在暗紅的畫面之中，賀天雄的死相更是可怖得很。

電影放到這裡為止。

燈光再著，陳探長搓著手，道：「你看到了，電影拍攝得很清楚，除了約莫半秒鐘的不清楚之外，一切全在眼中了，而半秒鐘，是發生不了什麼大事的。」

高翔聽了陳嘉利探長的這句話後，心中略生反感，因為他認為，在現代科學技術之下，半秒鐘是可以發生很多事情的了。

而且，那一下槍彈的發出，在紅外線攝影機中，竟能形成那樣強烈的光芒，高翔心中也不無疑問，但因為當時他已經躲到了沙發後面，好像曾經有強光一閃，詳細的情形，他卻記不清楚了。

當時，他只是略想了一想，便不再去想它了。

因為這事情可以說與他無關，而他最關心的卻是他自己！

「如果要控訴我謀殺賀天雄的話，這一段紅外線攝影的電影，自然不會呈堂了？」

「你猜得不錯。」

「在事後，你們不去捉凶手，卻只顧將我綁到這裡來。」高翔的話中，含著明顯的諷刺。

「沒有凶手。」陳嘉利探長的回答很平靜。

「沒有凶手！」高翔叫著：「那麼射死賀天雄的是什麼人？」

「是他自己，我們已發現，在他的衣袋中有著一具小型的無線電控制器，可以控制兩個掣，一個是熄滅電燈，第二個，是裝置在屋角的自動發射器使自動手槍的扳機放出一槍，就是這一槍，將他的頭射成了一個肉餅。」

「賀天雄是自殺的？」

「不錯。」

「這是無法令人相信的神話。」

「事實的確如此，我們有著確鑿不移的證據。」陳探長說。

「我仍是不信。」高翔固執地搖著頭，「好，言歸正傳，你們要我做什麼？」

「賀天雄死了——不管你是否相信他是自殺，他死了總是事實！」

高翔點著頭。

「據我們所得的情報，死光武器樣品和製造圖樣，仍將在嚴密的安排之下運到本市，再轉出去轉運人是賀天雄，但如今是你——」

「是我？」高翔聳聳肩，「你開什麼玩笑？」

「一點也不開玩笑，高翔，你必需仔細聽我說！」陳嘉利將手放在高翔的肩上，道：「死光武器和它的製作圖樣如果落在一個具有侵略野心的國家手中，那將造成多麼大的災禍，你可知道麼？」

「我知道又怎樣，這不是我的本分！」

「你的本分是什麼？」陳嘉利探長激動起來，「是醇酒，美人？是偷竊拐騙？高翔，你年紀輕輕，但是你卻是一具行屍走肉！」

3 黑女俠木蘭花

高翔側轉頭，他直到這時，才看到了那位穆小姐。他的心頭猛地一震。一則，為了那是一張十分美麗的臉龐。二則，那張美麗的臉龐，他看來十分熟悉，只不過他卻沒有進一步的印象。

陳嘉利探長的話，使他的臉紅了一紅，他不出聲。

「高翔，你應該為其他人做點事，你知道，你是一個極有天分的人，不但我們佩服你，連國際刑警當局也十分佩服你！」

「你不必說了，這件事情我做不來。」

「好，那我們只有將你落案了。」

「這是什麼世界？」高翔怪叫道。

「你問得好，這是什麼世界。有一個人，眼看著千千萬萬的人要被傷害，千千萬萬的人要被奴役，他卻無動於衷，你說，這是什麼世界？」

「你們要我做什麼？難道我能夠制止這樣大的災禍麼？你們該去罵發明死光

武器的科學家！」

「死光武器如果掌握在發揚和平的國家中的話，那就可以使世界上再也沒有戰爭了，這是最淺易的道理，你難道不明白麼？」

「原來你們要我奪取這件死光武器？」

「高翔，你該知道我們的苦衷。本市警方自然不便於介入複雜的國際特務鬥爭，但是我們又接到命令，要以禁止這樣的交易在本市進行為名，干涉這件事。而最好能做到把死光武器的樣品以及圖樣奪到手中，至少也要將之毀去！」

「那你們為什麼不去做？」

「坦白地說，我們不能做，因為我們是公開活動的警方人員，我們只要一出現，敵方就識穿了我們的身分，而你卻不同，你本來就是這樣的人，為了金錢，你可以冒險，賀天雄死了，你出面來接頭這件買賣，在任何人看來，這都是合理的事。」

高翔低著頭，不出聲。足足有十分鐘，高翔才抬起頭來。

「我可以得到多少報酬？」

「如果安然地將死光武器的樣品和圖樣交到我們的手中，你可以得到二十萬英鎊，是東南亞某國所出的價值的十分之一，也就是本來賀天雄可以分得的數目；如果你逼不得已毀去了死光武器和圖樣，那麼你將得不到報酬，但是你卻替另一個國家的千萬百姓做了一件絕大的好事。你知道，搜購死光武器的國家，常叫囂著要去粉碎一個國家，如果死光武器落在他們手中的話，那麼他們粉碎別人便不再是夢，而是可以成為事實了！」

「我只關心我的二十萬英鎊。」

「只要你肯答應，我相信你可以得到的。」

「我還需要一些你們掌握的情報。」

「可以的，孫警官，將我們所掌握的資料交給高先生。」陳嘉利自己則將高翔的手槍放入高翔的衣袋中。

一個警官取過一隻文件夾，交到高翔的手中。

「這位是孫警官，是警方特別檔案室的負責人員，為了儘量少和我接觸起見，你若需要資料，可以直接和他聯絡。」

「好的。」高翔點頭說。

「高翔，我們信你是君子，既然你已答應了，你就盡力去做，你應該知道，在這種事情上，我們是不能提供你太多的幫助的。」

高翔的面色變得沉重，他默想了片刻，將手中的文件挾在脅下，伸手在陳嘉利探長的肩頭上一拍，轉身便向門外走去。

兩分鐘之後，他便走出那扇通門，到了那條黑沉沉的長巷之中。

寒風迎面吹來，使得高翔感到剛才的一切，像是一場夢一樣！

他竟會接受警方的委託，這幾乎是難以想像的事情，但是他轉念一想，這與他為錢而工作的生活目標並不違背，二十萬英鎊，在如今這個賺錢艱難的世界中，已是一個很大的數目了。

高翔出了長巷，他緊緊地挾著脅下的文件夾，向前匆匆地走著，不一會便來到了大馬路上，他並不搭車，而走了不到三條橫街，他便折入另一條十分冷僻的小路，在一幢房前停了下來，左右看了一看，匆匆地上了樓梯，在三樓的門口停了下來，取出鑰匙，打開門，開著了電燈。

這裡是高翔在市內無數住所之一，室內佈置得很簡單，但是有一間頗為舒適的臥室和一個小小的客廳。高翔進了臥室，拉上門，這才在一張寫字檯前坐了下來。

他一坐下來，便打開文件夾，突然有一樣東西「啪」地彈了出來！

高翔猛地向後倒去，推翻了椅子，倒在床上。

他在床上翻了一個滾，已拔槍在手，對準了寫字檯，文件夾仍攤開在檯面上，有一朵顏色十分鮮豔的絹花，那朵紙花是立體的，顏色外紫內白，那是木蘭花，製作十分逼真，就像是剛從木蘭花樹上摘下來的一樣。

而那朵紙花，本來是被夾在文件夾中的，文件夾一打開，紙花便豎了起來，這本來是很普通的事，許多賀年卡片便有這樣的設計，高翔竟受了一個虛驚，他本應該啞然失笑才是。但是，他望著那朵紙花，面上的神情卻更是嚴肅！

「女黑俠木蘭花！」他失聲地叫道。

他剛叫那句話，門鈕上傳來「啪」地一聲響，他剛才下了鎖的臥室房門，已被人推了開來，一個全身黑衣的蒙面人，出現在他的面前。

高翔一躍而起，他立即扳動槍機，但是「卡勒」一聲，撞針發出了一下空響，他的槍中竟是沒有子彈的！那簡直是不可思議的事情，他的槍明明上滿了子彈的！在那條冷巷中發了兩槍，還應該有五槍，何以會成了空槍？

「深夜到訪，冒昧得很，高先生，請你原諒！」那蒙面人說。

黑衣蒙面人吐出來的聲音，是嬌滴滴，十分動聽的女子聲音。

高翔一躍而起，但是他才一躍起，黑衣蒙面女子手一揚，「嗤」地一聲輕響，突然有一件硬物撞在高翔的手腕上，高翔的手一鬆，槍便跌到了地上。

黑衣蒙面女子的手再揚，又有一粒硬物撞在高翔的膝蓋上，令得高翔的身子不由自主又坐倒在床沿上！

「我不贊成傷人，但如果高先生再亂動的話，我也有殺人武器在身的！」黑衣蒙面女子的聲音雖然仍是那麼動聽，但是她講話的內容卻令人心寒！

「哈哈，」在這樣的情形之下，高翔只有乾笑著，「小姐，你是大名鼎鼎的木蘭花麼？」

黑衣女子嬌笑了一聲，向文件夾中的絹花指了一指，道：「你看到了這朵花，便應該知道了！」

「小姐，」高翔吸著氣，「我認為嬌滴滴的小姐，不應該做像你這樣的事的。」

他一面說著，一面已伸手握住了床上的被子，驀地，他揚起了棉被，連人帶棉被一齊撞了過去。

變故發生得極其突然，只聽得木蘭花一聲輕呼，身子已被高翔撞倒。

但是，幾乎是她身子倒下的同時，她一個打滾，已經翻身躍起。

高翔也在這時躍了起來，兩人的手同時撲向寫字檯，「叭叭」兩聲，兩隻手一齊按住了那個文件夾。

木蘭花左手一揚，她的手中有著一根長約七吋，金光閃閃，手指粗細的銅管。

在她手一揚間，「啪」地一聲，又是一粒石彈射了出來，正射在高翔按在文件夾的右手手背上，高翔負痛，忙一縮手，文件夾便已到了木蘭花的手中！

高翔迅即一個轉身，右手圍住木蘭花的纖腰。木蘭花雙足一蹬，向上躍起了四呎，身子猛地向下倒去，高翔一個抱不住，反被她壓倒在地上！

木蘭花身子跳躍而起，手中已多了一柄精巧之極的手槍！

高翔見到了手槍，無可奈何地停了下來。

木蘭花嬌聲細細，道：「高先生，一個大丈夫，應該敢於認輸。」

「原來我輸了？」高翔聳了聳肩。

「當然。」木蘭花揚了揚手中的文件夾，「我來這裡，就是為了取些資料，現在，這些資料已到了我的手中了。」

高翔無可奈何地苦笑著。的確，那些資料已在木蘭花的手中了。那是何等重要的資料，他要依據那些情報，去充任接受死光武器並將之轉運出去的人，然而，他連看也未曾看過那些資料，便已失去了，為何還不是輸了？

「木蘭花，」高翔竭力想拖延時間，想在時間中尋找空隙，「我們以前有仇恨麼？」

木蘭花格格一笑：「沒有。」

「那你為什麼和我過不去？」

「高先生，你是一個可憐的小孩子！」木蘭花搖著頭，嘆了一口氣，「你自命為一個聰明人，但你卻是一個傀儡！」

「這是什麼意思？」高翔心中迅速地轉著念。

但是他卻一點也想不出木蘭花那樣說法，究竟是指什麼而言。

他的身子向前略欠了一欠，想要出手擊去木蘭花中的槍，或是轉移木蘭花的注意力，使他可以得到奪槍的機會。

但是，他才一動，木蘭花「格格」笑著，已向後退了出去，冷冷地道：「坐著別動，不然子彈可絕不留情！」

「穆小姐，」高翔笑嘻嘻地，其實他心中卻著急得很，「你剛才說我是傀儡，我有些不明白，能不能請你解釋一下。」

木蘭花正待啟齒欲言，只聽大門樓梯處響起了一陣口哨聲。

木蘭花向後退去，喝道：「別出房門，你是輸定的了！」

木蘭花以極快的身法，打開了大門，閃身向外而去。

而高翔也以更快的身法，撲出房門，奔到大門前，但是，當他拉開大門之際，樓梯上黑沉沉地，已根本沒有人影了！

高翔在大門呆了一呆，立即回到房中。

他撥了撥孫警官的電話，那面在電話一響時，便有人接聽。

「唔，我是高翔。」

「我是孫警官，什麼事？」

「剛才我取得的那份資料，可有副本麼？」

「嘿……」那面的聲音在猶豫：「有的，你為什麼問這一點？」

「快將副本整理出來，我立即到警局來取。」高翔說。

「慢！」孫警官的聲音十分急促，「這是特別案件，即使在警局的內部也是保密的，你不能到警局來，你為什麼要副本？」

「請不要問原因！」高翔當然沒有法子說出，整個文件夾已被女黑俠木蘭花盜走了！

「好的，三十分鐘內，你在思南道轉角處等候我們的人！」

高翔收了線急匆匆走下樓去。街上十分黑暗幽靜，高翔並沒有看到，在他下樓的一分鐘前，木蘭花仍隱在街角，當他下樓之後，木蘭花才身子一縮，退到一輛車子之旁。車中有人將車門打開，木蘭花一閃身進了車子。

街燈暗綠的光芒，照在車中另一個人的身子，那人也是一個女子，而且還是十分美麗的女郎，而這個女郎正是剛才和陳嘉利探長在一起的那個穆小姐！

她的面上神色十分焦急。木蘭花才一上來，她便低聲問道：「蘭花姐，得手了麼？」

「得手了，快開車！」

「得手了為什麼還等那麼久？」

木蘭花一伸手，取下蒙在臉上的黑布，她的面上突然現出了一個十分惆悵的表情。

她是一個十分美麗的女子，和她身邊的女郎差不多年紀，但是卻顯得清瘦些，薄薄的嘴唇，堅挺的鼻子，大而明亮的眼睛，都顯示她是一個聰明、果斷，異乎常人的女郎！大名鼎鼎的女黑俠木蘭花，竟是這樣一個嫵媚嬌豔的女子，這只怕是許多聞名喪膽的人所絕對想不到的！

車子在黑暗的馬路上迅速地駛著，約莫十分鐘後，在一幢洋房面前停了下來，洋房的鐵門打開，車子駛了進去。

木蘭花和車中的女郎一齊下了車，進了屋子，直上二樓，到了一間精緻的屋子中。

木蘭花坐在椅上，仍在沉思，那女郎道：「蘭花姐，快看看有些什麼資料？」

木蘭花打開了那隻文件夾，那隻文件夾中只有一張紙，紙上的字也很簡單。

而同時看著那一張紙的，不止木蘭花一人，還有高翔。

高翔已經取得了副本，他在街角處，倚著街燈，展開了那張紙。

「二月十七日下午三時，在山頂廣場上與一個跛足人會面，跛足人是某國的特工人員，他將會帶賀天雄去和運死光武器來的人接頭，會面的暗號是『太陽』。這是僅有的資料。」

高翔將那張紙看了兩遍，便將之撕成碎片。

木蘭花將那張紙看了兩遍，也將之撕成碎片。

那一晚，是二月十六日，第二天便是二月十七日了。

二月十七日，並不是假期，在山頂遊玩的人並不多。

下午兩時，在登山的道路上，便出現了一個彎腰僂背的老公公，面上全是皺紋，穿著一件長袍，拄著一根手杖，在慢慢的走著。

這位老人帶著許多糖果，見到小孩子，便將糖果送到小孩子的手中，而他看著孩子津津有味地吃著糖果，他便慈祥的笑著。

二時四十分，這個老公公在山頂廣場上的一張凳上坐了下來。

他坐了下來之後，炯炯有神的眼光向四面張望著。不管他面部的化裝和他的姿態是多麼像一個老公公，但是他這雙眼睛卻瞞不過精細的人。

老年人絕不可能有這樣一雙眼睛的。

那老公公當然不是老年人，他是高翔化裝的。

高翔本來可以不經過化裝，便逕自來和那跛足人接頭的。但是，同樣的資料，木蘭花也獲得了！木蘭花必然也在此時此地企圖和那個跛足人會面的！

高翔已經輸了第一著，不能再輸第二著，因此他是化裝來的，他不但要搶先和跛足人會晤，還要破壞木蘭花和跛足人的會面！

高翔以他精明的眼光，四面審察著。

廣場上的人並不多，有幾個穿著白衣的女傭，正帶著孩子在嬉戲。高翔用心地察看那些女傭，看看其中是不是有木蘭花在內。

但是，經過他仔細地觀察，卻認為這些女傭之中，不可能有木蘭花在內。

除了那些女傭外，有幾對情侶正在聊聊我我，有一對背對著高翔而坐，面向著深深的草叢，正在交頭接耳，談得十分起勁。

高翔心中暗自好笑，這些沉浸在愛河中的情侶，又怎知道他們談情說愛的地方，竟又是龍爭虎鬥的場所呢？

高翔感到滿意了，木蘭花可能沒有來！

他看著手錶，已經兩時四十八分了！還有十二分鐘！雖然高翔久經冒險生活的考驗，但到了這時候，心情也不禁為之緊張起來。

時間飛快地過去，已經是二時五十分了，山頂空地之上，仍然沒有預料中的跛足人出現，難道是情報錯誤，資抖失準？

高翔正在這樣想著，一輛汽車順路駛來，在空地旁邊停下，從車廂中跨出了一個面目黝黑的跛腳人來，四面一望。高翔倏地站起，一個箭步向前竄了上去。

他還未曾到達那跛腳人的面前，突然身側有一個人，以肩頭向他猛地撞了過來，高翔出乎意料之外，被那人撞得一個踉蹌。

他心中知道事情有變化，連忙回頭看時，只見撞他的，是一個風度翩翩的美少年。然而，高翔卻一眼便可以看出，那美少年正是木蘭花！

高翔在一呆之後，立即舉起他的手杖來！

他的手杖是特製的，後半截是一柄利刃，前半截則是一柄特製的手槍，但是木蘭花的動作，卻比他快了一步，一腳飛起，踢在他的手腕之上。

「啪」地一聲，手杖跌在地上。同時，在高翔的身後，響起了一個嬌滴滴的聲音：「高先生，請你回過頭來看一看。」

高翔轉過頭來，他看到了穆小姐！高翔陡地一震，全身都僵住了不動！

穆小姐的手中沒有什麼武器，她只是手握著一管唇膏，湊在唇際，正在作搽唇膏姿勢，但是那管唇膏卻是向著高翔的。

高翔立刻僵住的原因，是他一眼便看出，穆小姐手中的唇膏，是一種新型的武器，那種小型手槍，只能放射兩發子彈，發射的聲音很低，射程也十分近，但高翔此際離穆小姐只不過五呎，恰好在射程之中！

「高先生，」木蘭花面帶笑容，「請允許我替你介紹，這位是我的堂妹，穆秀珍小姐，據她說，你們已經見過面了，不妨詳細談談。」

「請坐啊，高先生。」穆秀珍笑著，揚了揚手中的唇膏。

高翔的額上滲出了汗珠來，他想伸手入袋去取手帕。

「不要動，聽我的命令！」

他的手才動了動，穆秀珍已冷冷地施下令。

高翔的面上，浮上了十分尷尬的苦笑，側過頭，只看跌在四碼開外的那根手杖，如果他將那根特製的手杖搶回手中……

但是遲了，他得不到手杖了，木蘭花踏前了幾步，將高翔的手杖拾了起來，轉了一個杖花，向高翔點頭微笑，朝那個正在作遊覽風景狀的跛足人走了過去。

高翔想追上去，但是穆秀珍的命令又來了：「高先生！請坐下來。」

高翔頹然地坐了下來，他臉上的汗珠，已匯成了一條一條的汗水向下淌來。

他遭到第二步失敗！他竟沒有想到，剛才背對著他，在密密細語的那一對情侶，其中的男子，竟是木蘭花的化裝！

唉！如今還有什麼話可說呢？木蘭花棋高一著，處處取得了勝利，已經和那個跛足人接上了頭，那跛足人是幕後的主導人，死光武器的樣本和圖樣將落到木蘭花的手中了！

高翔不甘心失敗在木蘭花的手中，但如今他卻眼睜睜的看著失敗在等著他！

他轉過頭望去，見穆秀珍仍然以唇膏槍對準了他！

在不明情由的人看來，石凳上，一個老公公坐著不動，大約是在養神，一個美麗的小姐正在搽唇膏，又哪裡想得到其中有那麼多的曲折呢？

木蘭花玩著手杖，以十分輕快的步法，來到了那跛足人的身邊。

「太陽？」她低聲地道。

「太陽。」跛足人並不轉過身來，只是沉聲答了一句，立即轉過身，向那輛停在路邊的汽車走去，木蘭花緊緊地跟在後在。

轉眼之間已一齊上了車子，汽車也立即絕塵而去！

在長木椅上，高翔望著遠去了的汽車，乾瞪著眼睛，而穆秀珍的面上，則帶著滿意的微笑。

4 妙計

在汽車中，木蘭花和跛足人並肩而坐，司機的身形十分魁梧，戴著一頂帽子，將帽沿拉得十分低，遮住了他的大半個臉。

車子向下山的路駛著。

「閣下是賀天雄派來的麼？」跛足人先打破沉默。

「不是，」木蘭花欠了欠身子。

跛足人身子一側，伸手在開車門的掣上一按，「啪啪啪」三聲響過處，車頂上彈出三根槍管來，一齊指向木蘭花。

「你是誰，我一按掣，就會有三發子彈同時穿過你的身子！」

「哈哈哈……」木蘭花神色鎮定，笑了起來。

跛足人陰森地等著她。

「這個城市中，為金錢而冒險的人太多了，你們何必認定賀天雄一人？難道你們沒有接到消息，賀天雄已經死了？」

「死了？」跛足人像是震動了一下！

「他死了，」木蘭花聳了聳肩，「但是你們的計畫不必因此停頓，我可以代替他的位置。」

「你？我們憑什麼信任你？」

「你們必要信任我！」

「為什麼？」

「賀天雄死於暗殺，你們偷運死光武器到本市，再轉運出去的計畫，風聲不密，已被多方面所獲悉了，你們必須在最短的時間內，找到賀天雄的替代人，替你們接下死光武器的樣品和圖樣來，轉交給駐在公海的潛艇上，你們國家的間諜手中！」

跛足人深深地吸了幾口氣。

「你有什麼可以證明你足以當此重任？」

「第一，」木蘭花笑了一笑，她知道自己已經接近成功了。「在任何警局中，沒有我的檔案，我不受跟蹤，不受懷疑，警方已決定不讓這樁買賣在本市進行，所以有嫌疑的人都在監視之中，而我可以自由活動。」

「第二，我有足夠的勇氣，剛才，你已看到我是以如何乾淨俐落的手法制服了我另一個敵人的了？我要的報酬和賀天雄一樣。」

車子盤旋著，已經駛下了山。在一條冷僻的道路上，車子突然停了下來。

「你可以下車了。」跛足人冷冷地吩咐。

「我的要求被接納了麼？」

「給我你的電話號碼。」

「一三九七七。」

「晚上八時正，你再接受我們進一步的指示，你下車吧！」

木蘭花吸了一口氣，開門下車，跛足人的車子向前飛馳而去！

不到一分鐘，另一輛汽車在木蘭花的身邊停了下來，車中一個面目莊嚴的中年人向木蘭花招了招手，木蘭花又上了那輛車子，車子轉了一個彎，向著另一條道路駛去。

跛足人不知道在他的車子後面，那輛車子一直在用著長距離雷達跟蹤器跟蹤著他。

但是木蘭花卻也有不知道的事情。

當木蘭花下了車之後，跛足人長長地舒了一口氣。

「行了，這個人可以做替死鬼，轉移警方的目標，你說是麼？」

他顯然是向司機在說話。

一直將帽子壓得很低的司機，這時拉高了帽子，轉過頭來，點了點頭。

那司機是賀天雄，死了的賀天雄！

「這年輕人什麼來歷？」

「我命令部下去調查，我只覺得有些面熟，這樣的生手最好。」賀天雄回答。

跛足人桀桀地怪笑起來。他的笑聲，如同夜梟一樣。

車子的去勢，陡地加快！

木蘭花在上了另一輛車子之後，那面目莊嚴的中年人沉聲道：「事情進行如何？」

「方局長，到如今為止，事情還順利。」

「穆小姐，你肩上的重任實在太重大了，你知不知道？我們表面上的立場雖然是不干涉，只是禁止這樣的交易在本市進行，但實際上，我們卻要使死光武器不落在侵略成性的國家之中！」

「我知道，方局長。」木蘭花忽然一笑，道：「方局長，你講的話，倒和你們局中陳嘉利探長對高翔所講的話一樣！」

「穆小姐不要取笑，我們早已查明，陳嘉利探長真正的身分，是某一個國際野心集團遠東區的負責人，但是我們卻一直不去揭穿他，這次正好利用他。」

「利用他？」

「是的，他假借警方的名義，要高翔為他出力，高翔卻不知道陳嘉利的底細，只當他是替警方在工作。連高翔也這樣以為，外人當然更以為替警方工作的是高翔了，卻不知道其實真正幫助警方的是你，穆小姐！」

「方局長，這是我們第一次合作，以前我給你們的麻煩太多了！」

「哪裡，穆小姐，你是現代的奇俠，我們一向是十分欽仰你的。」

「好了，方局長！」木蘭花笑著，「我該下車了。」

車子驀然而停，木蘭花一躍下車，閃進了一條橫巷，她迅速地穿過了橫巷，肯定了背後並沒有別人跟蹤，才繼續向前走去。

不到二十分鐘，她已經又在上山頂的途上，等她再到山頂之際，高翔仍是呆呆地坐著。

「高先生，委曲你了！」木蘭花在他的背後，笑嘻嘻地說。

高翔悶呼一聲。

「秀珍，你將他監視到八點半，九點正，我在家中等你，你準時回來。」

穆秀珍點頭道：「知道了！」

高翔一聲不出，他只是看了看手錶，現在是五點，到八點半，還有三個半小時，在這三個半小時中，他是不是能反敗為勝呢？

他又看到木蘭花用輕巧的腳步向外走去，而穆秀珍則仍然以那支唇膏槍對著他。高翔的腦中迅速地轉著念，但是他腦中卻亂到了極點，一瞬之間，一點意念也想不出來。

「高先生，你和蘭花姐作對，實在太不自量力了！」穆秀珍得意地說。

「是麼？」高翔有氣無力。

「自然是呢，你看，蘭花姐處處佔上風，而你卻像鬥敗了的公雞一樣！」穆秀珍稚氣地笑了起來說。

「這個……」高翔略轉了轉身，「可以說全是你的功勞。」

「我的？」穆秀珍驚訝地問。

「自然是你的，你想想，如果不是你做內應，她哪能知道資料落到了我的手中，而跟蹤前來，將之搶了去？」高翔講得十分著急。

「說得倒也有道理。」穆秀珍點了點頭。

她沒有發覺，在這時候，高翔的身子已經挪遠了一兩吋，只不過是一兩吋，而且以極慢的速度向外掠去，穆秀珍遂覺察不出。

「如果不是你的話，她根本連今日約晤的時間和地點都不知道，怎麼能勝得過我，原來大名鼎鼎的木蘭花只是徒負其名！」

「你別亂說！」

「可不是麼？其實，能幹的倒是你！」

高翔又向外移動了幾吋，穆秀珍仍然未曾覺察到。

「我？我只不過是幫她一點小忙罷了。」穆秀珍的臉色很興奮，對高翔的防範更輕了許多。

高翔的身子，略欠了一欠。

穆秀珍道：「你別動！」

但是高翔的身子在一移再移之下，已經掠到了長凳的盡頭。

就在穆秀珍覺出不妙的時候，高翔的身子猛地向下一滑！

他身子才一倒地，便向外滾了出去，長凳的一端恰好是一個山坡，他在不到十秒鐘的時間內，便沒入了草叢之中。

穆秀珍驚叫一聲，站了起來，驚惶失色，四面張看。這時候，早已是暮色四合了，山頂空地上也沒有了人，穆秀珍更沒有法子去尋找高翔。

她恨恨地頓了頓足，向前迅速地走去。

然而，當她經過一個陰暗的角落之際，後腰上突有一件硬物頂了上來。

同時，高翔得意洋洋的聲音也傳了過來。

「穆小姐，將你那可以殺人的唇膏給我！」

穆秀珍略一猶豫，高翔的聲音再度響起：「如果我是你，我絕不會反抗，因為抵在你腰後的，是裝有滅聲器的手槍，而四周圍又根本沒有人！」

穆秀珍嘆了一口氣，將唇膏手槍拋在地上，高翔打橫跨出一步，將之拾在手中。

「哈哈！剛才你以為是無聲手槍的東西，實際上只是一根樹枝！」

穆秀珍陡地轉過身來，道：「你——」

她只講出了一個字，高翔踏前一步，握住了她的手臂。

「我以為你還是不要反抗的好！」

「你……你，準備將我怎麼樣？」穆秀珍花容失色。同時，她心中也懊惱到了極點，因為她一時不慎，而壞了木蘭花的要事！

「不會將你怎樣的，穆小姐，」高翔忽然彬彬有禮起來：「只要你肯和我合作的話。」

「和你合作？」

「哈哈。」這時，是高翔得意而穆秀珍垂頭喪氣了，「我所謂合作，就是請你到我山頂的別墅之中去暫住幾日！」

「暫住幾日？」

「是的，等我取到死光武器的樣本和它的製造圖樣之後，你便不再是我的客人，這可公道麼？我想，木蘭花小姐一定會為你的安危著想，而與我通力合作的！」

高翔講完之後，又「哈哈」地大笑了起來。他像是已看到了二十萬英鎊的鈔票在他的指間飛舞一樣！

剛才，他足足有兩三小時之久，在穆秀珍的指嚇之下汗流浹背，一動也不敢動，而這時，穆秀珍失去了武器，自然不是精通拳術和柔道的高翔的敵手，高翔想到不但可以制服穆秀珍，而且，借著穆秀珍，還可以使木蘭花乖乖就範之際，他實是不能不笑！

「你……你的別墅在那裡？」

「不太遠，步行十分鐘就可以到了，這一路上，穆小姐最好不要出什麼花樣，我不想以粗暴的手段對付像你這樣美麗的小姐！」

穆秀珍狠狠地瞪了他一眼，無可奈何地向前走去。

她希望在路上能遇到些人可以求救，但是她的願望卻落空了。

這時，天色已黑，春寒料峭，而且，又下著絲絲細雨，山頂上靜到了一個人也沒有，穆秀珍無法向任何人求救。

約莫過了十分鐘，兩人已一齊來到一棟小型別墅的門口。

「到了！」高翔舒服地伸了一個懶腰。

高翔的住所有許多處，這也是其中之一，而且，在這棟別墅中，他還有六個得力的手下。

他的確是可以伸一個懶腰了，他可以將穆秀珍禁錮在房中，用他的部下嚴加看守。而他自己，則可以舒舒服服地睡上一覺，到九點正到達木蘭花的家中就是了。

木蘭花在家中，坐在電話機旁。

她已經換回了女裝，正在翻著當天的晚報，在燈光下看來，她不但美麗，而且十分端莊，除了她美妙的眸子有著幾分迷人的英俊之氣外，實在看不出她就是聲名如此顯赫的女黑俠木蘭花！

而木蘭花的聲名雖然顯赫，但是見過她真面目的人卻並不多。而且，即使和她正面相對，又有誰會相信，那樣溫文美麗的女郎，就會是木蘭花呢？

木蘭花望著壁上的電鐘。短針指著七時五十九分，她欠了欠身子，將手按在電話筒上。

電鐘的秒針迅速地移動著，很快地便繞了一匝，也就是在長針剛指著十二的時候，電話響了起來，木蘭花立即拿起了話筒。

「太陽。」那面傳來一個低沉的聲音。

「太陽。」木蘭花回答。

「四十分鐘內，在綠窗俱樂部，你將見到一位美麗的女子，她會將一個信封交給你，你按照信封的指示去做，便會得到你應得的報酬。」

「我——」木蘭花還想說什麼。

「叮」地一聲，那邊已收了線。

木蘭花看了看鐘，四十分鐘，她有足夠的時間趕到綠窗俱樂部。

她進了房間，出來的時候，她又是一個西服煌然的瀟灑美少年。

她駕著車，一直駛向綠窗俱樂部。

綠窗俱樂部是一個全日二十四小時不斷營業，烏煙瘴氣的地方。

當木蘭花推開旋轉的玻璃門走進去的時候，眼前只見重重菸霧，扭動著的人影，刺耳的音樂聲，和一個尖銳的歌唱聲。

木蘭花在人叢中擠了進去，在酒吧面前，找到了一張高凳子，坐了下來。

在唱歌的，是一個扭著蛇一樣細腰的歌女，而舞池之中，擠滿了跳著最流行的「猴子舞」的男女，每一個人的面上，儘管相貌不同，但是卻有著共同的地方，那是他們都有著一股醉生夢死的神氣，彷彿在扭動在跳躍的，不是一個活人，而只是一具會動的屍體。

木蘭花要了一杯白蘭地，慢慢地喝著。在十二分鐘之間，有不少妖豔的女人扭到了她的身邊，向她挑逗，她都應付了過去。

透過重重菸霧，她看到壁上的鐘已指著八點三十分了，她略欠了欠身子。

「太陽？」在她的身後，響起了一個嬌慵無力的女子聲音。

木蘭花回過頭去，在她身旁，已坐了一個二十上下的女子，銜著長長的菸嘴，正以一對醉眼望著她。

「太陽。」木蘭花低聲回答。

那女郎向舞池側了側頭，起身走去。

木蘭花本來不願意廁身於那烏煙瘴氣的人群之中的，但是為了得到進一步的情報，她立即跟了上去，和那個女郎扭著，跳著，擠著。

五分鐘後，燈光突然變暗，黑暗之中，響起了一連串充滿了色情的尖叫聲。

木蘭花只覺得手掌上「啪」地一動，有一件東西交了上來。木蘭花連忙五指一緊，那是一隻信封。她連忙縮身後退，但是和她跳舞的女郎又挨上了身來。燈光十分昏暗，再加上重重菸霧，舞池中擠滿了人，木蘭花想退也無從退起，她只得任由那女郎接近自己。

突然地，那女郎後退了一步，眼睛睜得老大，眼中的醉意也突然消失，顯得她是一個久做秘密工作的人。

「你是女——」她只講了三個字，身子立即向後退去！

木蘭花立即握住了她的手，將她向自己的身旁拖來。

那女郎尖聲大叫。但是沒有人理會，因為這本來就是充滿了尖銳的呼聲的瘋狂場所！

木蘭花緊緊地握住了那女郎的手腕，不讓她掙脫，她的心中焦急到了極點！

由於剛才任那女郎太接近，已經給那女郎覺察到自己是女子。那女郎當然是跛足人的部下，這一點要是洩露了出去，那一切計畫，便全部破產了！

木蘭花想起了自己肩上所負的重責，不禁涔涔汗下！

她是絕不肯傷害別人的性命的，在她學習柔術和中國傳統武術的時候，她的幾個師父都曾切切實實地告訴她，絕不能任意傷人。

但如今，她卻覺得她非出手傷人不可了！因為那女子如果不死，她的秘密便要被拆穿，更要緊的是她自己還有自己的打算，她豈能功敗垂成！

木蘭花內心的鬥爭激烈到了極點。

被她握住手的女郎，不斷地叫著，掙扎著。木蘭花終於用力一拖，將那女郎拖過了她的旁邊，沉聲喝道：「噤聲！」

那女郎道：「你是木蘭花！」

木蘭花大吃一驚，她實在不能再猶豫了，幸而周圍的環境嘈雜到了極點，那女郎的叫聲沒有別人聽到。木蘭花揚起手來，向那女郎的後頸擊去，她是想將那女郎擊昏過去，再將她拖出綠窗俱樂部，幽禁在儲物室。

但是，她手才提起來，突然有七八個人大聲呼叫著橫衝了過來，那是喝醉了的舞客，木蘭花給他們一衝，手一鬆，那女郎立即失去了所在。

木蘭花要在這嘈雜的人叢中找她，已沒有可能了。

木蘭花手心冒著汗，她擠出了人叢，到了電話間中，借著昏黃的燈光，打開了那信封。信封中只有一張小小的白紙，上面寫著：

「二月十八日，市南十七里，龜形小島左側，白色遊艇上交貨，取貨後回到市中，任務完畢。」

木蘭花將白紙撕得粉碎，她撥動了電話號碼盤。

「方局長麼？」

「是。」

「出了意外！我的身分，被對方手下的一個傳遞員認出來了。」

那面沉默了半晌。

「他們知道你是在幫助警方工作的麼？」對方終於問她。

「那還不致於知道。」

「我想暫時還不要緊，因為女黑俠木蘭花做一件這樣的事，似乎也不足引起對方的懷疑。」

木蘭花抹了抹汗，方局長的話使得她安心了不少。

她離開了電話間，便出了綠窗俱樂部，駛車回家。

一路之上，她仍然憂心忡忡，不知會有什麼樣的後果。

而在木蘭花駕車回家的時候，在綠窗俱樂部的地窖中，一個女郎已按動著一個掣，一道暗門驀地打了開來，女郎閃身進去。

那個女郎，就是剛才遞交命令給木蘭花的那一個。

她在一條黑暗的甬道中奔著，又上了十來級石級，才到了一扇門前。

她停在門前，喘著氣，又按動了一個掣。

在門內，是一間佈置得十分豪華的起居室，兩張單人沙發中，各坐著一個人。一個是跛腳人，另一個則是賀天雄。

屋中有鈴聲響起，賀天雄欠了欠身，「啪」地一聲，打開了身前一具電視機的掣，電視螢光幕上，立即現出那女郎焦急的面容來。

賀天雄又按了另一個鈕，門慢慢地移開，那女郎閃身而入。

「賀大哥……那人……是……」她氣急敗壞地說不出話來。

「我們早知道了，」賀天雄面上木然而無表情，「她是女黑俠木蘭花。」

那女郎呆了一呆，道：「那……那……」

賀天雄揮了揮手，喝道：「出去！」

那女郎無可奈何，退了出去。跛腳人和賀天雄相視大笑。

賀天雄一拍大腿，站了起來。

「我們可以安然完成任務了！」

「這全是你的妙計！」

「哈哈，任何人都被我們瞞過了，至少沒有人知道我並沒有死！」

跛腳人拍了他的肩頭。

「這次任務完成，你銀行的存款數字又可以大大地增加。」

「彼此，彼此。」兩個人緊緊地握著手。

突然，跛腳人面上神色劇變，身子搖晃不定。而賀天雄則仍緊緊地握著他的手。跛腳人的眼珠越突越出，面色轉為藍色，賀天雄手一移，跛腳人的身體「砰」地一聲，跌倒在地。

賀天雄獰笑著，揚了揚手。

他中指的戒指上，凸出著一枚只有半分長的尖刺，而在跛腳人的手心上，則有黑色的一點。

染著最烈性的毒藥針，刺入了跛腳人的手心，在半分鐘的時間內，跛腳人便死了。

「對不起得很。」賀天雄冷冷地望著跛腳人的屍體，「我要雙份，錢是不會怕多的！」

他的獰笑聲，再度響了起來！

5 自投羅網

木蘭花的車子，駛到了家門口。

她下了車，來到了鐵門前，忽然，門旁有人影閃了一閃。

木蘭花倏地回過頭來。那人來到了她的面前，十分有禮地向她鞠了一躬，木蘭花機靈地向後退出了一步，那人直起身子來，面上帶著愉快的微笑。

木蘭花的臉上雖然也帶著笑容，但是看來卻不怎樣愉快。

那人是高翔！

在木蘭花一看清那人是高翔之後的幾秒鐘內，她心中不知轉過了多少念頭：何以高翔會來到這裡？秀珍怎麼樣了？自己要怎樣對付他呢？

木蘭花身子向後退出了兩步，然後在她還沒有決定該採取什麼行動之際，高翔已經以十分優雅而有教養的聲音開了口。

「蘭花小姐，我們可以不必動武，而作和平、愉快的談判麼？」他在講話的時候，又彎了彎腰，彷彿是剛從英國歸來的紳士。

「噢，當然可以。」木蘭花笑著，她的心中在揣測著；高翔憑什麼和自己談判呢？當然是秀珍已經落到了他的手中了。

木蘭花的心中不禁焦急起來，面上也現出了焦急的神色來，但高翔卻好整以暇，東張西望。

「蘭花小姐，你不讓我進去坐一會麼？」

「當然，高先生請進去，我們好開始談判。」

「小姐先請。」高翔的禮貌做作得過了分。

木蘭花向前走去，高翔躊躇滿志地跟在後面，不一會，兩人便在橙色地毯之旁，淺黃色的沙發上坐了下來。

木蘭花的住所，佈置得十分華貴舒適，高翔倒在沙發上，伸了一個懶腰。

「高先生，我們可以開門見山了！」

「不錯，」高翔伸直了身子，自袋中取出了一支唇膏來，那正是穆秀英使用的唇膏手槍，他將之放在大理石咖啡几上。「這個，是我要還給你的，當然，子彈我已經取走了。」

「這樣說來，」木蘭花竭力壓抑著自己心中的焦急。她知道她已經處在下風了，但即使是失敗，也得大方地接受，不要慌慌張張成為笑柄。

她重複了一句：「這樣說來，秀珍已在你手中了？」

「噢，別這麼說。」高翔又伸了個懶腰，「她正在某一處住所中受著特等的招待。」

「這種招待到何時為止呢？」

「蘭花小姐，這是要由你來決定的！」

高翔望著木蘭花微笑，木蘭花也明白他的意思了。她心中嘆了一口氣，說道：「高先生，你想要些什麼呢？」

「跛腳人給你的情報。」

木蘭花的身子震了一震。

「如果我不答應呢？」她的聲音十分冷峻。

「那麼，」高翔站起身來說，「再見了，蘭花小姐。」

木蘭花鎮靜地站了起來。「高先生，你以為你可以隨便離開這裡麼？」

「噢，原來蘭花小姐也有招待我住在這裡的意思麼？」

高翔的話很輕薄，木蘭花的臉頰上泛起了幾絲紅雲。

高翔繼續說道：「我倒非常願意，但如果半小時內，我的部下得不到我的消息的話，那麼穆秀珍小姐目前的待遇便要改變了。」

木蘭花沉默不言，顯然她是在思忖著對策。

「蘭花小姐，你要知道，我是不喜歡傷害人的，尤其是像秀珍小姐那麼美麗的女郎，但是，我的部下，嘖嘖，他們的記錄卻不很好，他們之中，有的甚至有多次的殺人記錄！」

木蘭花的臉上發白。

「所以，」高翔坐了下來，「跛腳人的情報對你已沒有什麼用處了。」

木蘭花也坐了下來，十分頹然。「你什麼時候才將她放出來？」

「只要我得到了死光武器的樣品和製作圖樣，我便將她送到你府上來。」

「高先生。」木蘭花實在不願意將在跛腳人處所得的情報告訴高翔，但是為了穆秀珍，她卻又沒有法子和高翔強來，她只有用最後一個辦法了，她要揭穿高翔並不是在為本市的警方工作，而是被另一個國際特務集團所利用了！

所以，她叫了高翔一聲，面上的神色突趨嚴肅。

「蘭花小姐有什麼指教麼？」

「高先生，你可知道你是一個傀儡麼？」

「哈哈！」高翔縱聲大笑了起來，道：「不錯，我是金錢的傀儡，和——」

他望了望木蘭花，才繼續說下去：「一切美麗女子的俘虜。」

「高先生，你不知道你是在為什麼人工作！」

高翔的面色略微一變，陳嘉利探長和他接頭的方式是如此之隱密，木蘭花是怎麼知道的？這要守極端的秘密，必需予以絕對的否認！

「小姐，」他現出不高興的神色來，「時間已經耽擱得太久了，對你或者不在乎，但是對穆秀珍小姐而言，卻是關係重大的事情！」

「你的目的是錢，是不是？我可以給你。」

「你？哈哈！蘭花小姐，這一次，我的目的不僅是錢，而且還有好勝心，我要勝過大名鼎鼎的女黑俠木蘭花！你明白了麼？」

木蘭花的臉色更難看了。她本來以為打出最後一張牌，或許還能夠挽回殘局，但是實際上，她卻連打出最後一張牌的機會也給高翔拒絕了。

木蘭花從來也沒有遭到過像今天這樣的遭遇，她好一會不言語。

高翔慢慢地走到了電話機旁邊，拿起了聽筒，回過頭來。

「蘭花小姐，你是不是要聽到穆秀珍小姐受到不安的待遇的呼叫聲，你才肯做決定？」

木蘭花的心中，猛地一震。

但是也就是這時候，她的心中卻又陡地一變。

在那不到一秒鐘的時間內，她想起了許多事情！高翔拿起了電話，當然是要吩咐他的部下折磨穆秀珍，來威脅木蘭花的。

然而，他的行動，卻又給了木蘭花以極大的啟示。

木蘭花想了幾天前的事情，她剛接受了方局長委託她的任務，她也知道高翔有意參加死光武器的爭奪，所以，那一天晚上，她穿上了全套黑衣，躲在高翔住所的陽臺外面，而高翔則正在房中，和一個妖冶的女郎調情。

後來，高翔突然走了，那妖冶的女郎在打了一個電話之後也走了。

她進入了臥室之後，找到了通連電話的錄音機，根據電話號碼盤轉動的時間，得出了電話號碼，事後她曾向一個在電話公司做事的朋友，查過那個電話號碼的所在地，那竟是賀天雄住宅的電話。

當時，木蘭花還不知道高翔忽然外出，是到什麼地方去。

但如今，她從早已打入陳嘉利探長那個陰險集團中工作的穆秀珍處，知道了那天晚上的一切經過，也直到此際，她的心中才產生了一絲疑問，為什麼那女人要向賀天雄報告高翔的行蹤呢？賀天雄是不是要準備做些什麼呢？

木蘭花想到了這一點，她的心更亮了！因為，照表面上發生的事情來看，賀天雄似乎是在走投無路之際去向高翔求助的，但是他卻又立即被人打死了。

然而，事實上的真相，是否如此呢？

木蘭花覺得自己已經捕捉到了一些東西，但是卻還不能確切地說出所以然來。她只是肯定其中另有蹊蹺！

木蘭花忽然沉思起來，高翔卻忍不住了。

「小姐，你是不是真的要聽到她的呼叫聲？」

木蘭花從沉思中醒了過來，她想，如果高翔打電話的話，那麼自己至少可以根據他的電話號碼，來獲知穆秀珍是被拘在什麼地方。

當然，能不能救出穆秀珍，還是難以逆料之事，但總比茫無頭緒好得多了。

「我不要聽她的呼叫，但是想要聽一聽她的聲音。」

「女人總是講究實際的。」高翔譏諷地說，然後轉身過去，以他高大的身子遮住了電話，他的用意，當然是不想木蘭花看到他撥的是什麼號碼。

木蘭花在暗笑。因為她根本不必看。電話號碼盤的構造是：每撥一個字，號碼盤便會回到原來的位置，而在轉回原來的位置之際，會發出「格格格」的聲音，你撥的是「三」字，或是「六」字，轉回來的時間是不同的。

這其間的差別雖然極其微小，但曾經特別留意過差別的木蘭花，卻可以輕而易舉地分辨出所撥的是什麼號碼來，高翔才撥了兩個字，木蘭花已知道那是山頂區的電話，穆秀珍還在山頂，這是木蘭花可以肯定的事情了。

高翔繼續撥著號碼，一連六個字，木蘭花都緊記在心中。

「喂，老松麼?穆小姐可好……你將電話接到她的房中，有人要和她通話。」

過了一會，高翔才又講話：「是穆小姐麼?蘭花小姐要和你通話。」

他轉過身來，將電話聽筒交到了木蘭花手中，木蘭花一接過來，便聽到了穆秀珍那帶著哭音的聲音：「蘭花姐，我對不起你！」

「秀珍，你在哪裡？」木蘭花故意這樣問，事實上，只要高翔一離開，她只消花幾分鐘的時間，便可以知道那個電話號碼的準確地址了！但是她卻故意那樣問，使高翔以為她根本茫無頭緒，而不作特別的準備。

穆秀珍尚未回答，高翔已經伸過手來，「叮」地一聲，按斷電話。

「小姐，這未免太過分了。」

木蘭花發出了一個無可奈何的神情，將電話聽筒放回電話上。

「現在，蘭花小姐，你肯接受事實了吧？」

「好的，我祝你成功，那跛腳人給我的情報是：在市南十七里的龜形小島左側進行交易。」

「時間呢？」

「他沒有告訴我，我想大約是隨到隨交易。」

「你的意思是我要去呆等麼？」

蘭花道：「或者他會再通知我的。」

高翔顯然不滿意。

在這時候，電話鈴聲響了，木蘭花拿起了電話聽筒。那面傳來了兩個字：

「太陽。」

「太陽。」木蘭花回答著。

「最後決定的時間，是今日午夜十二時，明白了嗎？」

「明白了。」

「卡」地一聲，那面已收了線。

「高先生，」木蘭花苦笑著將電話聽筒放下，「你大概也聽到了？今日午夜。祝你成功。」

「我接受你的祝賀，」高翔十分輕鬆，「因為我成功與否，和令妹的性命有著直接的關係！」

他一面說，一面向門口走去。

他到了門口，突然站定，轉過身來，道：「你可以放心，我是一個守信用的人，事情完成之後，我會將令妹送到你這裡來，而不交給警方的，雖然她表面上是替警方工作，而實際上替你服務！」

「她替警方工作？」木蘭花苦笑著：「高先生，你是一具被人牽著線活動的傀儡！」

這已是高翔第三次聽得木蘭花這樣稱呼他了。

他一點也不在乎，也不曾去深想一層，因為這時，他已佔了絕對的上風。賀天雄死了，木蘭花被自己擊敗了，自己可以穩穩地得到死光武器的試製品和圖樣，到手之後，只要交給陳嘉利就行了。一轉手，就可以換來二十萬英鎊鈔票，哼，這樣的傀儡，又何妨多做？

他幾乎是以跳舞的步伐走出去的。

木蘭花目送著他走出了大門，又看到他的身影在街中消失。

她不多耽擱，連忙以電話向她在電話公司工作的朋友，詢問那個電話的地址。不過五分鐘，木蘭花又出動了。

她的車子向著山頂駛去，到了離山頂還有一段距離的時候，她便下了車，從行李廂中取出了她的那套黑衣服，連同面具一齊戴上，在街燈照射不到的地方，向前迅速地奔了過去。

這時，山頂上只有幾個巡邏的警員，正在慢慢地踱著步，木蘭花輕而易舉地避過了他們，不用二十分鐘，她已經來到了那幢房子的面前。

她抬頭向上看去，屋子有幾個窗口都有燈光透出，大多數的窗子都關著，有一扇，看來像是洗澡間的窗子卻半開著，從這扇窗子中進去是最理想的了。

木蘭花貼著牆，輕悄悄地向前走著，不一會，便已到了那扇窗子的下面。

她抬頭向上望去，那扇窗子離地約莫有十八呎距離。那樣的高度，對木蘭花來說，是不算一回事情的。她找尋著踏腳的地方，身子矯捷得如同猿猴一樣，不一會，她的手已碰到了那個窗子。

她並不立即鑽進窗子去，而是慢慢地探出了頭來，向窗內看了一看。

窗內十分黑暗，看不到什麼東西。

她等了片刻，確定窗內沒有人，這才取出小電筒來，向內照射。

電筒光芒照耀處，她首先看到一個浴缸，接著便是洗臉檯，廁具。

不出她所料，這是一間浴室。她不再猶豫，身子一縱，進了那間浴室，落地之際，一點聲音也沒有。在小電筒光芒的照耀下，她很快地就找到了一扇門。

她輕輕地來到門前，按著門把，以十分小心的動作旋轉著，終於，她慢慢地將門扭開了吋許，便向外看去。

外面的光線也十分黑暗，但是她在黑暗中已久，可以看出那是一間佈置得十分精美的起居室，裡面一個人也沒有。

木蘭花只是肯定穆秀珍在這裡，卻不知道她被禁錮在哪一個房間中，她也沒有這幢別墅的詳細圖樣，因此只得逐間去找。

她看到外面的起居室中沒有人，便將門拉開，走了進去。那起居室中，全鋪著厚厚的地毯，使她走在上面更是了無聲息。

木蘭花走到了起居室的中心忽然停了下來。她的心中感到有什麼地方不對頭！

那絕不是有什麼聲音驚動了她，而是一點聲音也沒有，實在太靜了，那種過分的靜寂，使得木蘭花立時驚覺，事情有什麼地方不對頭！

她想要立即退身而出！但是已經遲了！

她才一轉身，「啪」地一聲響，黑暗的起居室中突然大放光明，由於強光突如其來，木蘭花在那一瞬間，只看到幾乎在每一張沙發之後，都有人站了起來，同時，一部巨型的身歷聲唱機，也開始播出音樂。

那是一支流行歌曲，歌名是「歡迎你來，愛人」。

木蘭花在最初的一瞬間，完全地呆住了。

接著，她便想到要反抗。

但高翔的聲音卻已傳了出來，「歡迎你來，蘭花小姐！」

高翔的話，夾在「歡迎你來，愛人」的歌聲中，聽來似乎別有用意。

但是木蘭花這時卻絕沒有閒情逸趣去體會這些弦外之音了。她知道自己已經進了一個妥善佈置的陷阱之中了！

她本來早就知道，高翔在三山五嶽人馬之中的地位很高，手段自然十分高強，但是她卻未曾料到高翔竟高明到了這等程度！

顯然，高翔早已知道她會來，所以才特地在這裡準備好了一切等待她，而她自己，則成了自投羅網的魚兒。

「歡迎你來，愛人」的歌聲，唱到一半便已經停止，木蘭花四面看了一下，除了高翔以外，另外還有七八個人在望著她。

木蘭花自然知道再企圖反抗是沒有用的。

她只是迅速地向壁上的電鐘看了一眼，時間是九點半。高翔必然要在午夜趕到那個小島之側去進行交易，他自然會離開這裡的。

一切，只等他離開這裡之後再說了！

「小姐，人生何處不相逢，當真說得一點不錯！」高翔得意地搓著手，「你看，我們不是立刻又見面了嗎，請坐！」

木蘭花坐了下來，除去了面罩，抖了抖她的一頭秀髮。

「你們看，大名鼎鼎的木蘭花女黑俠，她的真面目並不是人人可見的，你們應該慶幸自己的眼福才是！」高翔向他的部下說。

當然，高翔的話，是在調侃木蘭花的。木蘭花忍著氣，不出聲。在這樣的情形下，她如果多出聲的話，那只有多受奚落。

「高先生，你再不走的話，便遲到了。」她冷冷地說。

「謝謝你，老實說，蘭花小姐，要是你不光臨舍下的話，那我是無論如何也不敢去進行那筆交易的！」

「你那麼看得起我？」

「當然，因為我並不是勝過了你，我只是勝過了穆秀珍而已，這並不是十分光榮的勝利！」高翔在講這幾句話時，雙目直視著木蘭花。

木蘭花在剎那之間，似乎感到高翔的眼光之中，除了敵意之外，還有著一些別的東西，而她自己的心頭，這時也沒有剛才那樣憤怒了，因為高翔至少承認要勝過她不是易事。同時，她心中也生出了一種十分奇異的感覺來。

「唉。」高翔忽然嘆了一口氣，轉過身去，「老黃，你去請穆秀珍小姐來。」一個大漢應聲走了出去，木蘭花看到他轉身走出之際，將一柄手槍放在衫袋之中。她又向其餘的人望去，只見所有的人，除了高翔之外，幾乎每一個人都有一隻手是在她視線所不及的地方的。

那隻她看不到的手中，當然是藏有武器的。木蘭花心中苦笑，高翔的話倒並不是假的，至少，他將自己當作了頭號敵人。

不到兩分鐘，門開處，穆秀珍已走了進來。

她一見木蘭花，幾乎不相信自己的眼睛！

「蘭花姐！」好一會，她才叫出了一聲，向木蘭花奔了過去。木蘭花連忙扶著她站定，在她的肩頭上輕輕地拍著。

穆秀珍定下了神來，四面看了一看，問，「你也被他們捉來了？」

「不，」木蘭花搖了搖頭，「高先生的妙計高明，我是自投羅網的。」

穆秀珍怔了一怔。

她和蘭花雖不是親姐妹，但是從小和蘭花在一起，卻和親姐妹沒有什麼分別，蘭花的脾氣，她再清楚也沒有了！她知道，蘭花的性格剛烈，是絕不肯向任何人低頭的人，但是，她如今卻這樣說法，那究竟是什麼意思呢？

她轉頭向高翔看去，高翔不好意思地道：「蘭花小姐，那全是我一時的僥倖。」

「哼，」穆秀珍冷冷地道：「你別假惺惺了，你準備將我怎麼樣？」

「唔，如果事情順利的話，我想，十二時過一點，我就可以有電話回來，通知我的部下，讓你們兩位自由離去了。」

他來回踱了幾步，又道：「蘭花小姐，我希望在這次事情之後，還有機會和你見面。」

「或者在這次事情之後，是你覺得不好意思再和我相見。」木蘭花冷冷地道。

「或者是你不敢再和我蘭花姐見面！」穆秀珍補充著。

她們兩人的話，分明是表示她們絕不甘心，就此處在下風，直到被高翔釋放為止，她們還有著反敗為勝的堅強信心！

「噢，」高翔聳了聳肩，「兩位美麗的小姐，我不希望你們聰明的腦子會作了愚蠢的決定來。」

「你是在做戲念臺詞嗎？」穆秀珍毫不留情地譏諷他。

高翔揮了揮手，退向門旁。「我要去了，我的六位部下全是久經訓練的人，我對他們，他們對我就像是兄弟一樣，我勸兩位，還是坐著等我回來的好！」

他話一說完，便退出了門外！

6 死光錶

起居室中，八個人的位置並沒有變動，他們六人成一個圓圈，將木蘭花和穆秀珍兩人圍在當中。

「蘭花姐！」穆秀珍焦急地叫著。

「別多說話。」木蘭花像是正在沉思什麼，她揮了揮手，阻止穆秀珍再說下去。

那六個大漢的面上木然，一點表情也沒有，顯然他們全是鐵一樣的硬漢，絕不是什麼言語能夠打動他們的心的。

在別墅的門口。高翔的心情輕鬆，他一面打開車門，一面在吹口哨，吹的調子，正是那首「歡迎你來，愛人」，他駛著車，在迂迴的路上向下駛去，不用多久，便來到了海灘。

海面上有一層霧，視野不是太好，高翔將車子停在海灘邊上，他自己則向前走了一段路，來到了一個有幾隻快艇停泊著的海灘邊上，解開了一艘快艇的韁繩，跟著鑽進了那艘快艇。不到一分鐘，那十呎長的快艇，艇首激起雪也似的水花，像一條發怒的鯊魚一樣，向前飛駛而去！

高翔當然不知道，當他的快艇駛離海灘之際，在那幾艘快艇的另一艘中，在一塊油布之下，突然翻起一個人來。

那人是賀天雄，他的面上泛著得意的獰笑。

「去吧！去吧！」他得意地自語，忽然，他心中覺得奇怪，為什麼只有高翔一人呢？對方的人員在那裡？難道就是高翔？

但是賀天雄只不過略想了一想，又得意地大笑了起來！

因為他是處在絕對的有利環境之中，人人都當他死了，唯一知道他沒有死的是跛腳人，但是跛腳人也已死在他的毒戒指之下了。

他是一個「死人」，但是他卻還活著，去接受死光武器的樣品和圖樣，正因為他是「死人」，所以不論是哪一方面都不會注意他，他將各方面的注意力全部轉移開去，便可以輕而易舉地取到死光武器，然後再將之賣給需要死光武器的國家，從中賺一大筆佣金。

當然，在事情完成之後他是可以「復活」的。到那時候，所有人一定都會知道是被他的巧計騙過了，但到那時，他已經成功了！

賀天雄想起剛才他在那小島附近所佈置好的一切，更加得意地大笑了起來！

高翔的快艇，在海上迅速地行駛著。

他拉開了航海地圖，在地圖上找到了那個龜形的小島，朝向那個小島駛去。

他手腕上的夜光錶指著十一時四十六分的時候，他已經可以看到那個小島了。這時，霧忽然散去，半圓的明月高懸，海面之上，十分明亮。

高翔將快艇的速度改低，在十一時五十五分時，他的快艇沿著那小島的右側駛過，他看到了一艘白色的遊艇，正停泊在一個海灣中。

高翔停下了快艇的馬達，快艇無聲地在海面上滑行，恰好在那艘從表面上看來十分豪華的遊艇旁邊停了下來。

他站起身來。

照他的想像之中，他只要一站起身來，遊艇上一定會有人出現，向他問話的。可是儘管遊艇上有光射出來，他站了一分鐘之久卻是沒有人理會他。

高翔心中微微詫異了一下，他攀上了那艘遊艇，他的快艇向外流了開去，停在海灘上的一灘岩石旁邊，不再流動。

高翔很快地便在遊艇的甲板上站定，他才一站定，便立即伏了下來。

因為他剛一站定，便看到前面有一個人伏在甲板上，那人穿著白色的水手上衣，但是在月光之下，白色上衣的正中，卻有著鮮紅的一塊！

那是一個背後中槍倒下的死人！

高翔在伏下身子之後，連忙滾到一堆繩子旁邊，翻身取出了手槍，他剛一握槍在手，忽然有一隻手在繩子的那面「啪」地向下拍來。高翔身子跳了起來，手扣在槍機上，已經準備發射了！

但是他立即看出，那是沒有必要的，因為那個人早已死了！他的屍首靠在那堆繩子的另一頭，因為給高翔在那堆繩子上一靠，屍身一動，一隻手便垂了下來。

那也是一個水手，也是背後中槍，鮮血白衣，看來更是令人觸目驚心。

「兩個了！」高翔心中暗數著。

快艇上的水手為什麼會遇害的呢？是不是自己已經來遲了一步呢？

高翔的心中迅速地轉著念，他在甲板上俯伏前進，來到了那有燈光的船艙前。他探首向艙中望去，只見艙中凌亂到了極點，有一個人伏在一張跌翻了的椅子上。

高翔站了起來，推開艙門，走了進去。

那伏在椅上的人，這時突然發出了一陣呻吟之聲！

高翔陡地站住了身子，那人慢慢地抬起頭來。

那是一個四十上下，面目黝黑的中年人。

「他們……他們……」他的聲音十分微弱，「他們……」

「他們怎麼樣？」高翔連忙俯身下去。

「他們人多……搜索了一個小時……」

「將東西取走了麼？」

「沒有……」那面目黝黑的臉上露出了一絲勉強的笑容，「他們沒有發現。」

高翔的心中鬆了一口氣。

「在什麼地方，你快告訴我！」

「你……你是？什麼人？」

「太陽。」高翔記起了暗號。

「太陽。」那中年人的聲音更是軟弱，「我……我的手錶……手錶……」

「手錶？」高翔不明白。

「手錶……」那中年人的聲音越來越低。

陡地，高翔明白了！早就有消息說，那死光武器的體積十分小巧，但是恐怕沒有人想得到，一個威力如此強大的武器，竟可以製成一隻手錶般大小！

高翔連忙俯身，抓起那中年人的手腕來，眼睛定在手腕的錶上。

那一隻看來和普通的手錶並沒有多大差異的手錶，只不過略大些，而在「把的」的旁邊，另有一個「把的」，約有半公分長。高翔連忙將這隻手錶取了下來，那中年人的手軟綿綿地垂下去。看來，那中年人也已死了！

高翔將手錶放在耳際聽了聽，果然沒有走動的聲音，他在手錶底上按了一按，忽然一道光線自那個長「把的」上射了出來。

高翔吃了一驚，連忙鬆手。

高翔的心跳得很劇烈，他沒有再去看那面目黝黑的中年人，他只當那中年人已死了。如果他看上一看的話，他可能就會感到事情不那樣簡單了，因為那中年人正不時打開一隻眼睛來望著他！

高翔平時也不是粗心的人，這時，他之所以絕不在意，是因為他以前絕未曾想到死光武器會被製成這樣精巧的樣子之故。

高翔對死光武器的性能可以說一無所知，他剛才偶然一按之間，忽然有光線射了出來，那已經令他嚇了一大跳。

而且，死光錶雖然已經到手了，製造死光武器的圖樣，又在什麼地方呢？只得到了死光錶，並不算完成任務，必需繼續在遊艇上搜尋那死光武器製造的圖樣。

這時候，高翔已無暇去思索何以這艘遊艇上的人盡皆死去，何以連送死光武器來的人也不能夠倖免。他只是小心地，熟練地在艇艙之中，仔細地尋找著可能收藏圖樣的地方。

時間一點一點過去。約莫過了六七分鐘，高翔忽然停了下來。

他並不是有所發現，他停了下來，只是側首凝神細聽。

海面之上，荒島之側，在午夜時分，本來是靜到一點聲音也沒有的。但是，當高翔側首一聽之際，他卻聽到了一陣十分輕微，持續不斷的聲音，在艙的某一部分發了出來。

那聲音聽來像是錶在行走，滴答，滴答，正因為聲音十分低微，所以高翔一時之間也不能確定那是從何而來的聲音。

他舉起手臂，將自己的手錶放在耳際。

不是！不是他手錶所發出的聲音，他手錶的聲音沒有那麼響。

他又取出了「死光錶」，可是，「死光錶」一點聲音也沒有。

他游目四顧，船艙之中，也沒有其他的錶。

陡然之間，高翔只覺得毛髮直豎！

他腦際閃過了四個大字：計時炸彈！那一定是計時炸彈機件在走動的聲音！

他連忙後退一步，死光武器的製造圖樣雖然要緊，但如果他被炸成了血肉模糊的一團的話，誰來享受那二十萬英鎊呢？

他一個轉身，便奔出了艙外，跳入了他駛來的小艇之中，解開了纜繩，發動馬達，小艇幾乎是在水面上飛了出去的。

在高翔一走之後，那面目黝黑的中年人立即從地上一躍而起，向外張望了一下，立即來到桌旁。

他搬開艙架上所掛的一幅油畫，油畫後面有一扇鐵門，那中年人開了鐵門，門內是一具無線電話，中年人拿起聽筒，道：「賀老大麼？高翔走了，這飯桶走了。」

話筒中傳來賀天雄隱約可聞的聲音，道：「他走了麼？現在是什麼時候？」

那中年人呆了一呆，像是不明白賀天雄為什麼會問這個問題。

他道：「我沒有錶，因為我要戴那死光錶的原故。」

賀天雄的聲音冰冷，「我可以告訴你，如今是凌晨零時五十九分。」

「老大，這是什麼意思？」

「飯桶！你才是飯桶，你為什麼不設法留高翔在艇上多一會時間？」

「老大，他忽然走了，多留他一會，又有什麼用？」中年人面上開始變色，聲音也有點微微發顫，像是知道了不妙。

「哈哈哈哈！」賀老大夜梟似的笑聲，從無線電話中傳了過來。

「老大，老大，老大……」那中年人充滿了恐懼地叫著。

「十，九，八，七，……」賀老大忽然停了笑，開始數起數字來。

中年人拿著話筒，不知所措地四面望著，面上已變成了一團死灰色。

「六，五，四，三，二……」賀天雄繼續在數著數字。

「不！」那中年人撕心裂肺地叫著。

然而，他那一個「不」字剛剛出口，驚天動地的爆炸聲也已傳了出來。

那枚計時炸彈用來炸一艘遊艇，顯然是大材小用了。

高翔這時已在半里之外，但是爆炸聲在他聽來，仍是震耳欲聾，而爆炸的氣浪，也使得他的小艇一陣顛簸。

他向前看去，在耀目的火團之中，那艘遊艇像是紙糊的一樣，變成了無數碎片，猶如紙灰也似，隨著一股股的水柱飛向半空。

火團在極短的時間內便自熄滅，遠處的天上傳來了一兩下回音，重又恢復死寂。高翔長長地吁了一口氣，伸手在額上抹了抹，抹了一手冷汗！

他離開那遊艇，只不過三四分鐘的時間！

如果他遲離開三分鐘……高翔想到這裡，又不禁呼了一口氣，暗自慶幸自己的運氣。

他雖然沒有得到死光武器製造的圖樣，但是世上只怕沒有什麼人可以得到它了，在那樣的爆炸之下，沒有任何物事可以保待完整的！

高翔轉過身，操縱著小艇，以最快的速度向岸邊駛去。

他望著漆黑海水，摸了摸在口袋中的那隻「死光錶」，他不禁得意地豪笑了起來。「木蘭花！木蘭花！你這次總該甘心承認失敗了吧！」高翔忍不住低聲自語。

可是，他忽然又一驚。木蘭花的神通是極其廣大的。他如今雖然得了死光錶，但是在死光錶還未曾交到陳嘉利探長手中之前，他仍不能算穩勝！因為神出鬼沒的木蘭花，仍然有可能將死光錶奪過去的！

木蘭花，哼，高翔心中不免有些煩惱，一個這樣年輕，這樣美麗的女郎，竟是他的勁敵，令得自己精神恍惚，她如今正在六個得力部下的監視之下，如何能來奪自己的「死光錶」？

高翔想到了這裡，才又放心地發出了一陣豪笑聲來。

他的小艇乘風破浪，在黑暗中行駛，艇首的水花又白又高，眼看海岸已漸漸地接近了！

而這時候，在山頂那幢華貴別墅二樓的起居室中，氣氛卻絕不相同。

木蘭花和穆秀珍兩人坐在中心，高翔的六人部下將她們兩人圍在中心。那情形和高翔離去時並沒有什麼不同，縱然高翔已經離去不少時間了。

起居室中的光線十分柔和，所以乍一看來，木蘭花的臉色十分鎮定，毫不在乎。但是，如果有強烈的光線，或是你湊近去看的話，那你便可以看到，在木蘭花挺秀的鼻子上，已佈滿了細小的汗珠，那自然是木蘭花心中十分焦急的表示。

她如何能脫身而出呢？不但木蘭花心中在自己向自己發問，穆秀珍更不斷以焦急的眼光向木蘭花詢問著這個問題。木蘭花望著天花板，心中急速地轉著念。

突然，她鎮定了下來，在她鼻端的細小汗珠也漸漸地消失了。

又過了不一會，她的面上泛起一個十分愉快的笑容來。

但穆秀珍卻仍然焦急得暗暗跺足！

「秀珍，」木蘭花忽然開口，「我們這次爭奪的是死光武器，但這是新型的死光武器，和舊時世人對死光武器的概念是不同的，你可知道麼？」

唉，到這樣地步了，還在討論什麼新的舊的死光武器啊！

穆秀珍鼓氣道：「不知道！」

木蘭花笑了笑，眼角偷偷向圍住她們的六個人望了一眼，她發現那六個人正在注意著她的談話。這是她意料中的事，因為在高翔走了之後，難堪的沉寂一直佔據著起居室。木蘭花是深通心理學的，她知道，在誰也不出聲的場合中，只要有人出聲，一定會引起其餘人注意的，而且她所講的，又是極富刺激性的事！

她向穆秀珍說話，而不向那六個人中的任何一個說，這也是心理學上的道理，因為她向穆秀珍說，那六個人便是站在旁聽的位置上，人類本是最喜歡旁聽人家談話的動物！

「舊的死光武器，是利用電能，使得電能發出強烈的光線和超人的高熱來，令得鋼鐵為之熔解，但是這個理想，是被證明行不通的，為什麼呢？因為世界上沒有那麼多的電源！」

木蘭花略頓了一頓，又偷偷地向那六個人望了一眼。那六個人都聚精會神地聽著，穆秀珍則不屑地扁了扁嘴。木蘭花以手肘重重地撞了穆秀珍一下，穆秀珍呆了一呆，陡地省悟，木蘭花在這時候講解起死光武器，一定是有作用的。

她連忙答口道：「蘭花姐，那麼，新的死光武器呢？」

木蘭花向她投以讚許的一笑。

「新的死光武器，是從『雷射光束』演變而來的，秀珍，你知道什麼叫『雷射光束』嗎？」

穆秀珍搖了搖頭。

「那你現代的知識實在太過於貧乏了，『雷射光束』是一個英文名詞的譯音，它的原文是『LASER』，那是採取了Light Amplification by the Stimulated Emission of Radiation字首的五個英文字母所組成的新字眼。」

穆秀珍其實一點也聽不懂，她心中十分佩服她堂姐在各方面的知識。

木蘭花向其餘六人看去，只見六人面上也有迷惑的神色。

「那一連串的英文字，如果直譯為中文的話，」木蘭花儼然以專家的姿態解釋著：「就是『受激輻射式光波放大裝置』的意思。你懂麼？」

「懂，懂！」穆秀珍瞪大了眼睛，連連點頭。

木蘭花一直在注意著那六個人的面色，見那六個人已到了全神貫注的地步。

木蘭花自然知道，高翔本身有著兩家大學的碩士學位，他的部下，自然不是不學無術之徒，那一番對普通人來說比較深奧一些的話，是可以吸引住他們的，如今的情形，果然如此！

「說穿了也很簡單，」木蘭花繼續說著，「把紅寶石製成棒形，在兩端鑲上使光線反射的銀鏡，並且在紅寶石外邊繞以充氣閃光管，當強大脈衝電流加到閃光管的兩端時，閃光管不斷地發射出綠光，這種綠光，使紅寶石中的電子受到激盪，當那種激盪加到一定強度時，紅寶石棒的一端便迸射出強烈的光來。」

那六個人中突然有人插口：「死光！」

「不錯，那種光的熱度極高，可以致人於死。這本來不是什麼秘密，是各國科學家都知道的事，但是在緬甸僑居的某科學家，卻發明了極其小型的強大發電池，這就使得死光武器可以製成極小的體積，可以隨身攜帶，隨意傷人！」

「小到什麼程度？」六人中又有人問。

木蘭花站了起來，她在站起來的時候，向穆秀珍望了一眼，穆秀珍知道木蘭花就要成功了，她不知木蘭花的計畫如何，但是她卻知道木蘭花正需要自己巧妙的配合。

本來，六個人是受到高翔的命令，只許木蘭花和穆秀珍兩人坐著的，但是這時木蘭花站了起來，卻沒有人出聲，因為六人全被木蘭花剛才所講有關死光武器的話吸引住了。

木蘭花伸手在衣袋中，取出了一隻粉盒來，那隻粉盒只不過三吋見方，是新型的在粉盒上附有唇膏管的那種。

木蘭花揚了揚那粉盒道：「可以小到恰如我手中粉盒那樣大小！」

「我們的首領已快要回來了，他將會得到死光武器！」六人中的一人說：「他可以證明你所說的話是不是對的。」

「哈哈！」木蘭花笑了起來。

六人相顧愕然！

「你們的首領將什麼也得不到，我來這裡，是來告訴他，死光武器已到了我的手中！」她加強語氣：「這隻粉盒就是，但是他卻不加思索，便將我軟禁在這裡！」

「啊呀！木蘭花，你小心些呀！」穆秀珍叫著，像是木蘭花手中的粉盒真的是「死光武器」，隨時可以放出殺人的光芒一樣！

六人皆是一怔，已有人提起了手槍！

「別傻了，」木蘭花面帶微笑，「剛才我那一番話，你們即使聽不懂，但你們至少應該知道，光線的速度遠在子彈的速度之上！」

那提起槍來的人，望了望木蘭花手中的粉盒，又望了望自己手中的手槍，他終於垂下了槍管！

「哼，」木蘭花冷笑一聲，道：「不過，我和你們無怨無仇，又何必取你們的性命呢？我相信我如果離去，你們也不敢阻止我的！」

「對，蘭花姐。發揮死光武器的威力，將這所房子變為灰燼！」穆秀珍已明白了木蘭花的意思，在一旁加油加醋。

木蘭花心中暗暗讚許著她的堂妹。

「當然，我沒有必要離去，因為有死光武器在手，我是這裡的主人了，或許你們不信我手中的粉盒就是死光武器，是不是？」

那六個人的情緒，已完全被木蘭花操縱了，他們點了點頭，表示的確不信。

「走過來，」木蘭花向他們招手，「你們不妨走過來看一看！」

那六個人的面上現出了遲疑的神色，不敢向前走來。

「哈哈！」木蘭花又嬌笑了起來，「你們真是幼稚得可笑，光的速度，每一秒鐘可以繞地球七轉，你們站得遠和站得近，其實是一樣的，只要我不發動的話，你們都無危險，何不來見識見識，看看死光武器的真面目？」

那六個人又觀望了一回，終於有一兩個人向木蘭花走近。接著，其餘的人也到了木蘭花的面前，木蘭花伸出手，他們六人就圍在木蘭花的手旁邊。

「我一按這個掣，粉盒就會打開來——不必怕，死光不會射出來的，只不過可以使你們看清楚死光武器的結構而已，你們看仔細了！」

木蘭花話一說完，也是那六人十二隻眼睛全神貫注望著那隻粉盒之際，她食指在粉盒的掣上輕輕地一按。

「啪」地一聲，粉盒彈了開來。

隨著粉盒的彈開，附在粉盒上的唇膏管突然向上一翹，「咕」地一聲響，冒出了一陣極濃，有著極辛辣味道的煙霧來！

7 蹊蹺

那種煙霧使人淚水直流，使人劇烈地嗆咳。換言之，木蘭花的粉盒，並不是什麼「死光武器」，而是一個小型性能優越的「催淚彈」！

一時之間，只見那六個人一面流淚，一面嗆咳，亂成了一團。

而木蘭花自己也不免淚水直流，但是她早有準備，已經屏住了氣息，所以不致於嗆咳！她以極快的手法飛起一腳，將一個人手中的手槍踢飛了開去。

而穆秀珍則一伸手，將那柄手槍接住，她立即奔出門前，向著門鎖，射出了一發子彈，那門鎖被子彈破壞，門也彈了開來。

「蘭花姐，快走！」她叫著。

木蘭花向後退出了一步，用力掀翻了沙發，沙發向前面撞過去，撞倒了其中的三個人。還有三人俱一手掩面，一面亂扳著槍械！

那是真正的驚心動魄的一剎那！

在起居室中，槍彈橫飛，子彈的呼嘯聲加上槍彈的「砰砰」聲，若是膽小的人在這樣的境地之下，早連站也站不穩了！

木蘭花知道這三個發槍的人是沒有法子睜開眼來瞄準的，但是在子彈橫飛中，她的生命卻也是極其危險的事！她臥倒在地，向門口爬去。

她爬到了門口，還未曾站起來，一顆子彈穿過了她的頭髮！

木蘭花陡地一呆，如果她早站起來片刻，那一枚子彈可能已是穿心而過了！

她不敢站起身來，一直打著滾，出了門才猛地跳了起來，拉著穆秀珍的手，兩人衝向樓梯，一齊奔到了樓下，仍以槍彈毀去了門鎖，衝出大門，進入黑暗之中。

當她們衝出大門之際，樓上的槍聲仍然未停止。

那六人被催淚彈弄得暫時失了視覺，根本不知道木蘭花和穆秀珍已經走了。

而當木蘭花和穆秀珍兩人，躲進了濃密的灌木叢中的時候，「嗚嗚」的警車聲已經傳了進來，幾輛坐有武裝警員的摩托車首先馳至！

「秀珍，」木蘭花低聲道：「你想想，當高翔回來，看到他屋中滿屋子全是警員的話，他面上的表情會怎樣？」

「嘻！」穆秀珍忍不住笑了出來。

「噤聲！」木蘭花低聲道：「我們雖然和方局長合作，但這是一件極端秘密的任務，在這樣的情形下，我們也不能現身！」

「那我們快走啊！」

「好的。」

她們兩個人悄悄地退後著。

前面的路上已佈滿了警員，她們自然是不能越過去的了，所以她們向後退，退到了懸崖上，攀著石角，向下爬去。

爬下了十來碼，她們才找到了一條小路。

站在小路上，兩人都鬆了一口氣。

「蘭花姐，沒有車子怎麼好？這時候高翔只怕已得手了！」穆秀珍十分著急。她們雖然脫了險，但只要死光武器落在高翔手中的話，那仍然是她們失敗了。

木蘭花卻只是顧著小路，向山下走去，並不回答穆秀珍的話。

「蘭花姐，我們再不趕到海面上去，只怕來不及啦！」穆秀珍更是焦急。

「現在就算坐噴射機趕去，也來不及了。」木蘭花回答穆秀珍說，可是她的語調卻十分平靜，就像她心甘情願接受失敗一樣。

「那怎麼辦呢？」

「我也沒有辦法。」木蘭花攤了攤雙手。

「蘭花姐，那是不行的啊，方局長那裡，我們怎麼交代？」

「哈哈。」木蘭花突然笑了起來。

「虧你還笑得出！是你答應人家的，到時丟臉，可不關我事。」

「既然不關你事，那麼心急什麼啊？」

「唉，誰叫你是我蘭花姐？」穆秀珍瞪大了眼睛，天真又焦急地回答。

「不要急，」木蘭花輕輕拍著穆秀珍的肩頭說，「我還有辦法。」

「有辦法！」穆秀珍幾乎跳了起宋，但是隨即恢復了平靜，「你有什麼辦法？死光武器已經到了高翔的手中了！」

「秀珍，你別那麼心急，好不好？」

「怎麼能不急？」

「急有用麼？」

「急？」穆秀珍苦笑了一下，說：「當然沒有用。」

「是啊，」木蘭花笑著，「那你心急什麼，讓我再仔細地想一想。」

「你再想下去，死光武器已到了陳嘉利的手中了！」穆秀珍仍是改不了急脾氣，咕噥地埋怨著木蘭花。

忽然，她叫了起來：「我知道，你一定是要到陳嘉利的總部去，將死光武器搶回來，對，蘭花姐，我們這就去！」

木蘭花笑了一笑，接過了穆秀珍手中還未曾拋去的手槍，以一條手帕，小心地抹去了指紋，拋入了草叢之中。

「陳嘉利的總部，秀珍，你說得好容易啊，這是外國集團在本地最大的秘密特務組織，你和我是三頭六臂，是永遠打不死的詹姆士．龐德麼？」

「那我們怎麼辦呢？」穆秀珍急得幾乎要哭了出來。

「讓我想想，你別心急，到了山下，只怕我已經可以有主意了。」

穆秀珍賭氣不再出聲，兩人循著那條小路，一直向下走去。

一個小時之後，她們兩人已經到了山下的馬路上了。

「蘭花姐，你有辦法了沒有？」穆秀珍忍不住又問。

木蘭花搖了搖頭。「沒有。」

「蘭花姐，你說到了山下就會有辦法的啊！」

「唉，可是辦法不來，我有什麼辦法？」

穆秀珍道：「好，那就看著女俠蘭花姐丟人吧，我可不管。」

「丟人？那只怕不成呢！」

「哈，你還是有辦法了！」穆秀珍跳了起來！

「別吵，深夜在街頭大叫大嚷，當心人家當你是神經病！」

穆秀珍吐了吐舌頭。「蘭花姐，你告訴我，你想到了什麼辦法？」

「嚴格來說，」木蘭花皺起了雙眉，「我沒有想到什麼具體的辦法，但是我卻對一件事有著相當的懷疑。」

「好，等你的懷疑證實之後，那只怕死光武器已在侵略國家中大量製造了！」

「秀珍，我問你，」木蘭花突然停住了腳步，「你打入陳嘉利控制的那個特務組織做辦事員，他們可有對你表示懷疑過？」

「從來也沒有，他們一直以為我只知那是警方的外圍組織。」

「噢，這樣說來，那一晚，他們要脅高翔，要高翔為他們效勞，也決不是特意做給你看的了。」

「當然不是，蘭花姐，你問這些做什麼？」

「秀珍，你所說的那段影片，可是清楚地表示賀天雄已死了麼？」

「是的，陳嘉利用紅外線攝影，所有的過程全部十分清楚，我看到槍是在屋角的一個裝置之中發射出來的，賀天雄應聲便倒。」穆秀珍將影片中的情形描寫得有聲有色。

「其間全無可疑之處？」

「沒有。」

「奇怪，那一晚，我正在高翔的一個住所之中，高翔和一個女人在鬼混，忽然，他接到了一個電話，跳起身來便走了。」

「那個電話一定是賀天雄打給他的。」穆秀珍插言道。

「我也是這樣想。高翔走了之後，那女子打了一個電話，由於高翔裝置了連接電話的錄音機，所以，我事後進屋知道那個電話是打給賀天雄的！」

「嗯，那女人或者是賀天雄的部下。」

「當然她是賀天雄的部下，問題在於她為什麼要打電話給賀天雄！」

穆秀珍顯然以為這個問題不值得研究，「當然是告訴賀天雄，高翔已經啟程到他家去了。」

「是啊，可是賀天雄給高翔的電話，表示十分焦急，像是有事要向高翔求救；可是另一方面他卻又好整以暇，布下了美人計，使他的女部下和高翔在一起，觀察高翔的行蹤，你說，是為了什麼？」

「唔，或許賀天雄是要引高翔上鉤。」

「但是不，高翔一到，賀天雄便被槍打死了——秀珍、你再想一想，可有什麼破綻，在整個過程中，可有什麼奇怪的地方？」

「我想不出來。」穆秀珍仍搖了搖頭。

「唉，如果讓我看到那一段影片就好了，我一定能找出毛病來的。」木蘭花喟嘆著。

「蘭花姐，影片很重要麼？」

「自然是，它可能是解決整件事的關鍵。」

「蘭花姐，」穆秀珍挺了挺胸，「我知道那段影片放在什麼地方。」

「你回去取？你的身分早已暴露了，回去送死麼？」

「當然不是明取。」

「我明白了，要去就快些去，事不宜遲，因為高翔可能已得了手，隨時可以和陳嘉利會面的！」

「唉，那你還去研究這個問題做什麼？」

「秀珍，你不明白，如果我注意的這個問題解決了，那我便可以得到真正的勝利，我必需和你一齊去，因為你熟地形。」

穆秀珍點點頭。「當然，那幢建築物在外面看來，像是一幢普通的舊混凝土樓，但是裡面卻經過改建，十分複雜，若不是我帶路，你是絕到不了檔案室的。」

「秀珍，當我們懷疑陳嘉利探長可能和國際特務集團有勾結之際，你自告奮勇地要打進那個集團去，我還說你多事啦！」

「可不是麼！」穆秀珍揚著眉，神氣十分自得，「如果當時聽了你的話，如今你想去盜那兩段影片，可要大費手腳了。」

「凡事有一利必有一弊，」木蘭花笑道：「如果我們在那個特務機構總部之中遭了什麼不測，那不是我的意見對了麼？」

穆秀珍大不以為然，還待再出聲，但木蘭花已拉著她向前，橫過了馬路。對面馬路有一輛汽車停著，木蘭花取出了一串鑰匙來，隨便揀上一支，略一試探，便將車門打了開來。

「蘭花姐，」穆秀珍驚訝地說：「你買了一輛新車麼？」

「當然不是，我甚至不認識這輛汽車的主人，只不過借用一下罷了。」

穆秀珍作了一下會心的微笑，兩人一齊上了車，木蘭花又以一條百合匙打著了火，車子向前疾駛了出去。

午夜，馬路上十分靜，木蘭花將車子駛得極快，不一會，車子到了當日高翔被那兩人以手槍指嚇進去的那條窄巷子，但是木蘭花卻並不停車，直駛了過去。

「到了！到了！」穆秀珍叫道。

車子過了五六個街口才停了下來。

「我當然知道到了，秀珍，」木蘭花沉聲道：「但我們是來偷東西的，你不見得要我將車子駛到門口才停下來吧！」

穆秀珍紅了紅臉，她知道自己又魯莽了。

木蘭花和穆秀珍相繼下了車，木蘭花在長褲的褲腳旁摸出了一支細而長的電筒來。她按了按掣，那支電筒射出一束光來，木蘭花調整了一下光的集中度，又將那一串鑰匙握在手中。

她那串鑰匙，共有七八柄，乃是真正的「百合鑰匙」。從汽車到夾萬，很少有她這一串鑰匙所打不開的鎖的。

她準備好了工具，才和穆秀珍兩人，貼著牆腳，向那幢房子走去。

她們走得十分小心，尤其是在掠過橫街的時候儘快地掠過，唯恐為人發現。她們並沒有花多少時間，便已到了那一幢房子的牆腳下。

木蘭花抬頭向上看去。

那幢房子的大多數窗口是漆黑的，但是在三樓，還有幾個亮著燈光。

「檔案室在幾樓？」

「三樓。」穆秀珍回答。

「三樓有人。」木蘭花皺了皺秀眉，「我們先由二樓的窗戶爬進去，你跟在我的後面。」

穆秀珍點著頭，木蘭花後退一步，以極快的手法拋出一條繩子，鉤在二樓的窗檻上，拉了拉，便迅速地緣繩而上。到了窗口，她伸手一推，窗門緊緊地關著。

木蘭花一手抓著繩，一手打亮了電筒，隔著窗子，向內照去。

那窗子裡面，乃是一間類似辦公室的房間，並沒有人。木蘭花熄了電筒，將電筒倒過來，以電筒底在玻璃上畫了一個圓圈。

她那電筒的底上是鑲著鑽石的，她一個圈子畫完，「啪」地一聲，那塊玻璃便已經掉了下來。木蘭花將電筒咬在口中，在那個圓洞之中伸進手去，拔下窗栓，慢慢地將窗子拉開。

她心中正在奇怪，何以這樣重要的特務機構，竟不在窗上加上鐵枝？

她一面想，一面身子一縱，已準備跨了過去。

然而就在那一瞬間，她身子僵住不動了！

她發現在兩旁的窗框上，每隔一呎，便有一隻閃著十分微弱光芒的小電燈泡藏在木中，看上去就好像是許多眼睛一樣！

那當然不是貓眼，而是「光電報警器」，有人跨過窗子，只要遮住那些小燈泡中所發出的光芒的話，那麼一定會警鐘聲大作了！

這個特務機構總部的防衛，比她想像中的要嚴密得多！

木蘭花呆在窗前。那些小燈泡，每隔半呎便有一個，她就算橫起身子來，也不能穿過去。而不管她穿過去的速度多快，總有極短的時間遮斷光線的，那麼，她的行蹤便立刻要為人所知了！

木蘭花抓住繩子的手漸漸地在出汗，可是她仍然想不出有什麼辦法可以越過這個窗子！

木蘭花的心中著急，在那小巷子中等著的穆秀珍更是著急，她從下面望上去，並看不到窗子上裝有最新型的「光電報警器」，她只看到木蘭花呆在窗口，只是不向內跨去。

她不知道發生了什麼事，又不敢大聲詢問，只是不斷地拉著那條繩子。開始，她還只是輕輕地拉著。又過了片刻，她實在忍不住，用力一拉，那條繩子本來是仗著一個鉤子，鉤在窗檻上的繩子上已承受了木蘭花一個人的分量，再給穆秀珍用力一拉，鉤子突然滑脫。木蘭花的身子，直向下掉來！

在那一剎那，穆秀珍簡直嚇得呆了，她張大了口，連驚呼聲都發不出來！木蘭花的身子迅速地落下了七八呎，她一伸手，已握住了一根水喉管，這才不致於一直跌下地來。

穆秀珍見木蘭花已經不再向下落來，這才鬆了一口氣，但是她已出了一身冷汗！

木蘭花回頭向地上的穆秀珍狠狠地瞪了一眼。

穆秀珍一面抹著汗，一面苦笑著，攤開了雙手，表示這是意外。

如果不是這時候她們的行蹤萬萬不能被人知道，有耐性的木蘭花這時也忍不住要埋怨穆秀珍幾句了。

她攀在水喉管上吸了一口氣，又抬頭向上看去，這一看，卻令她心中陡地一喜。只見那水喉管直通天臺，可以看得出水喉是通向天臺的一隻大水箱的。

木蘭花心中有了主意，她又轉過頭來，向在小巷子中等著的穆秀珍作了一個一單的手勢，示意她也順著那條水喉管爬上來。

穆秀珍拾起了落在地上的繩子，也從水喉管上向上攀去。

她攀了十來呎高，突然，小巷子口傳來了一下剎車聲，一輛車停了下來。

「蘭花姐，有人來了！」穆秀珍以極低的聲音道。

她的聲音雖低，但是在這個寂靜的小巷中聽來，已是十分清晰。木蘭花這時正在她的上面，一伸腳，在穆秀珍的頭上踏了一下。

那一下，當然不十分重，只不過是警告穆秀珍不可再出聲而已。

穆秀珍伸了伸舌頭，不敢再出聲。

「砰」地一聲，巷口傳來了車門關上的聲音，接著，一個急速的腳步聲便傳了進來。木蘭花和穆秀珍兩人攀在水喉管上，一動也不敢動。

她們居高臨下看下去，可以看到有三個人從巷口迅速地走了進來。他們的腳步聲十分響亮，聽在木蘭花和穆秀珍兩人的耳中也分外駭然，因為這時她們只抓住了水喉管存身，若是萬一被那三個人發現，那麼她們便等於是靶子一樣了。

那三個人越走越近，來到了小巷中的一扇門前停了下來。

小巷中雖然黑暗，但是兩人也可以看出，走在最前面的那個，正是雙重身分的陳嘉利！他在取鑰匙，在他身後的，是一個身材十分矮小的人。

「三號，」那矮小的人突然開口，「他說什麼時候到？」

「半小時之內。」陳嘉利回答。

原來陳嘉利的代號是「三號」，木蘭花心中想。他們的交談是什麼意思呢？木蘭花一時之間卻想不出來。

「啪」地一聲，陳嘉利已推開了門，三人相繼跨了進去。

木蘭花和穆秀珍兩人鬆了一口氣。

在那扇門將關未關之際，她們兩個人又聽得另一個人問道：「三號，我們是不是要準備交通工具了？」

「不錯，你立即去通知我們的水上飛機，作隨時起飛的準備！」

「砰！」門關上了。

木蘭花和穆秀珍兩人同時呼了一口氣。

她們繼續地向上爬去，在經過三樓一個著燈的窗口之際，她們都看到窗內似乎有人在來回地走動著，木蘭花停了停，小心地偏過頭，向窗內看去。

只見窗內也是一間辦公室，四五個人正在伏案辦公，有一個人在來回踱步，那間房間的房門卻是開著的。

木蘭花只看了幾秒鐘，便繼續向上爬去，不一會，便到了天臺。

穆秀珍在經過那個窗子的時候，也向內張望了幾秒鐘。她跟著上了天臺，哭喪著臉，攤了攤手，道：「蘭花姐，我們白來了！」

當她講到一半的時候，木蘭花想叫她立時住口的。可是，等穆秀珍講完，她卻忍不住低聲反問道：「為什麼？」

「那間房間——」

「那有人的房間就是檔案室麼？」

「不是的，檔案室在那間房間的對面，而那間房間的門卻開著！」

木蘭花呆了一呆。她剛才在窺視那房間之際，看到了打開的房門對面，有著另一扇門，那另一扇房門，自然就是檔案室的門了。在對面有著四五個人工作的情形下，如何能不為人知而進入檔案室？木蘭花呆住了不出聲。

「蘭花姐，我看那兩段影片沒有什麼大不了，我們還是快去找高翔吧。」

「不，秀珍，這兩段影片記錄著所發生的一切細節，甚至身歷其境的人所看不到的，也用紅外線攝影拍了下來，其中一定有一個我們未曾發現的重要關鍵，我一定要偷到手，仔細看一看！」

穆秀珍是深知木蘭花脾氣的。她知道，當木蘭花決定做一件什麼事時，如果你去勸她，那還不如去勸一塊石頭好些。

所以，她不再出聲，只是嘆了一口氣，做了一個無可奈何的神情。

木蘭花站在那隻大水箱的陰影中緊鎖雙眉，顯然她是在苦苦的思索著。好一會，她才抬起頭來。「秀珍，你在這裡等我，我下去先看一看。」

「蘭花姐，不要亂來！」

「不會的，你放心好了。」

8 太歲頭上動土

她來到天臺的門前，不費什麼手腳便拉開了門，門框上也裝著有「光電報警器」，但是最後的一對小燈泡，離地卻有一呎半上下，木蘭花伏下了身子，小心翼翼地爬了過去。

過了那扇門，便是幾級漆也似黑的樓梯。木蘭花小心地不發出任何聲音來，下了樓梯，轉一個彎，便可以看到那條走廊了。

走廊只有五六呎寬，每一邊，都有三四間房間，每一間房間的門都關著，偏只有一間一門開著，那間開著的房門的對面門上，有著清楚的「檔案室」三個字。

木蘭花小心翼翼地在走廊上走著，一直走到了那扇門的旁邊。裡面那個在來回走動著的人，現在仍然在來回走著。

她還聽到裡面有人在交談。

「三號來了。」

「你可知道這次是什麼特別任務麼？」

「不知道，別多問，別多口！」

房間內的聲音靜了下來。那幾個在工作的，顯然是特務機構中的小角色，因為他們甚至連這次特別任務的內容都不知道。但即使是小角色，看到有人在以百合鑰匙打開對面檔案室的門，也一定會大聲叫嚷起來的。

她望著檔案室的門，她與之是那麼地接近，幾乎一步可以跨到。而且，憑她的經驗，她也已經看好了那柄門鎖應該用什麼樣的鑰匙去開，她可以只以兩秒鐘的時間去打開檔案室的門。然而，她卻沒有這個機會。

她等了幾分鐘，那間房間中的人顯然沒有將房門關上的意思。

木蘭花又悄悄地回到了天臺上。

「怎麼樣？」穆秀珍焦急地問。

「沒有結果。」木蘭花搖了搖頭。

「唉，這怎麼好！」穆秀珍一面說，一面不自禁地用拳頭敲著大水箱。

她敲了一下，發出了「砰」地一聲，連忙縮回手來，苦笑道：「蘭花姐，別罵我。」

木蘭花一躍而前，伸指輕輕地在水箱上一彈，她面上泛起了笑容。

「秀珍，不但不罵你，還要多謝你。」

「多謝我？」

「是的，你為我想到了辦法！」

「我想到了辦法？」穆秀珍更加莫名其妙。

「你看，這隻大水箱至少有一千加侖水，它是滿的——」

「啊，我明白了！」

「噓！」木蘭花不讓穆秀珍多說，她從袋中取出一柄六用刀來，以刀尖在焊錫處用力地挖著，不一會，便有一股水射了出來。

接著，噴出來的水越來越大，而當木蘭花拗起了巴掌大小的一塊白鐵之後，積在水箱中的水像是急流一樣，嘩嘩地漏了出來！

木蘭花向穆秀珍作了一個手勢，兩人一齊躍到了門旁，將門關上。

不到三分鐘，水已從門縫中向下面漏了下去，又不到兩分鐘，只聽得有人叫道：「嘩，淹水了，天臺的水箱漏水了！」

「快去看看！」

「別忘了關閉光電開關！」

一陣腳步聲傳了上來，門被打開，一個人直衝了過來，然而，他才衝了一步，木蘭花便已踏前一步，以手電筒手柄指住了那人的腰眼，沉聲道：「別動，有手槍指著。」

那人立刻高舉雙手。

「高聲叫，說水箱的漏洞大，你一個人堵不住，要他們全上來。」

「叫？」那人猶豫著。

「你不叫？」頂在他腰際的手電筒向前伸了伸。

「叫！叫！叫！」那人幾乎哭了出來，「如果你不照我吩咐，我立即射死你。」

「你們快上來，」那人的聲音中帶著哭音，「水箱的漏洞大，我一個人堵不住，你們全上來！」

那人才一叫完，木蘭花一掌劈向那人的頸際，那人一側身便倒了下來。

那人一倒，又有人竄了上來，但是穆秀珍早已伏在門口，那人才跨出一步，便被穆秀珍以磚頭打了一下，身子軟了下來，穆秀珍將他拖過了一邊。第三個人接著又來了，木蘭花以同樣的手法將他擊倒在地上。

第四個人還未曾跨出門，木蘭花便已衝了過去，在黑暗的樓梯上向那人一撞，立即一伸手抓住了那人胸口的衣服，向他的頸上重重地砍了一掌，並將那人放在樓梯上。四個人都已解決了！

她大約可以有兩分鐘的時間，因為兩分鐘後，水一定會漏到二樓，二樓上的人也會上來看的，那時，就無論如何走不脫了。所以，她要利用這兩分鐘中的每一秒鐘。

她跳下了幾級樓梯，衝進了走廊，早已握了揀定了的鑰匙在手，到了檔案室的門前，立即打開了門鎖，推門而入，將門關上。

她一進門，便打開了手電筒，四面一照，她首先看到了一具放映機，接著，便在放映機旁看到了兩盒影片。

木蘭花這時已沒有時間去弄明白這兩盒影片是不是她所需要的兩盒了，她踏前一步，抓住了兩盒影片，立即返身開門，竄到了走廊中。

走廊中全是水，水已向二樓流去，她飛快地躍上樓梯，穆秀珍迎了上來。

「得手了，快走！」

穆秀珍向天臺的邊上退去，迅即沿水喉管而下，木蘭花也立刻到了天臺的邊上，她還未跨出石欄，便聽到天臺的門口有人聲：「咦，怎麼滿地是水，人上哪裡去了？」

木蘭花知道間不容髮，她身子一縱，便跨過了石欄，沿著水喉管向下疾滑了下去，和穆秀珍先後到了地上。

兩人一到地上，便向小巷奔去。

然而，就在她們奔到巷口之際，便聽得到天臺之上有人喝道：「站住！站住！」再向前奔兩步，便是小巷子口了，但是，槍聲也在此際響起。

第一顆子彈，便打中了木蘭花左手所持的那影片盒子！子彈穿過了菲林，立時冒起了一陣煙，木蘭花拋開那隻盒子，身子一伏，已經出了巷口。

巷口幸而有陳嘉利的車子停著，那輛車子擋開了七八發子彈，使得她們能夠奔向對街，兩人一直來到她們「借來」的車子之旁，一進車，連車門都沒有關，便向前急駛而出！

她們駛著車子，轉了一個又一個彎，連轉了五個彎，望望後面，並沒有人追來，她們才將車子的速度放慢到正常。

穆秀珍鬆了一口氣。「好險！」

木蘭花舉著那僅存的一隻影片盒子，苦笑了一下：「要是毀去的那盒影片是紅外線拍攝的話，那我們算是徒勞無功了。」

「那也好過這一顆子彈打入你的背心！」

「你打開盒子看看，菲林是不是紅色的？」

「一半一半的機會。」穆秀珍接過了盒子，打了開來。

木蘭花緊張地向她望去。

「紅色的！」兩人一起低呼。

木蘭花面上這時才現出了真正的笑容來，車子駛得更平穩了。

在這時候，至少已有七八人奔出了那小巷子來。

也就在那時候，一輛車子駛到了小巷口停了下來。那七八人連忙隱身在黑暗之中。

車子停下，車門打開，從車廂中一躍而下的，是春風滿面的高翔！

躲在黑暗中的人走了出來。

高翔看到他們的手中，人人都有著手槍，不禁愕然，那孫警官也在那七八個人之中，他踏前一步，道：「原來是高先生，剛才這裡發生了一點意外，陳探長正在等你！」

「噢，原來如此，什麼人那麼大膽，敢在太歲頭上動土？」

「目前還不知道，」孫警官顯然不準備多談，「高先生，請。」

高翔隨著孫警官，走到了那幢房子。

「咦，地上怎麼是濕滑滑的？」他第一腳踏進去，便發覺了這一點。

「噯……」孫警官十分尷尬，「天臺的水箱漏水，所以地上濕了。」

「原來如此。」高翔顯得十分輕鬆。

不一會，他便被帶進了一間佈置得十分華麗的房間之中，那便是書房。

房間中已有兩個人坐著，一個是陳嘉利探長，另一個是身材十分矮小的人。

「高先生，死光武器你已得手了麼？」

「陳探長，我先要我的二十萬英鎊。」

「有！」那小個子突然說。

「閣下是……」高翔問。

「他是警方的秘密人員。」

「錢呢？」

「我們必需先看到死光武器。」

高翔伸手入上衣的袋中，抓住了那隻手錶，微笑著向陳嘉利探長道：「我還是先要看一看我的二十萬英鎊。」

那小個子在他身旁的公事包中，抽出了四疊鈔票來，放在寫字桌上，檯燈恰好照在那四束鈔票之上，那是四疊大面額的，全世界最值錢的貨幣之一——英倫銀行發行的英鎊！

「好，」高翔的面上，浮上了笑容：「警方竟然不食言！」

他將那隻手錶取了出來。

「一隻錶？」陳嘉利探長和那小個子一齊低聲呼叫。

「正是，死光錶！」高翔的聲音，充滿了自負而得意！

這時，木蘭花和穆秀珍兩人也已到了家門口。

穆秀珍先出了車子。

「秀珍，你快去準備放映機。」木蘭花探頭向她道。

「唉，我始終不同意你的做法，這時候，高翔可能已將死光武器交到陳嘉利手中了！」穆秀珍幽怨地說。

「別多說，快去。」

「好，去就去。」穆秀珍鼓著氣，開門走了進去。

木蘭花將「借來」的車子，開過了幾條街，停了下來。

她以極快的步伐走回家中。

她才一進門，便聽到穆秀珍的聲音：「都準備好了，只等你來了！」

木蘭花答應了一聲，走進了屋子。放映機「軋軋」地響著，在牆壁上出現了一間客廳，賀天雄滿面慌張，高翔向後退去……

這一切，正是那天晚上，在賀天雄的別墅中所發生的事情。

陡然之間，影片出現了一片閃光，什麼也看不到。

接著，便是賀天雄已倒在地上的鏡頭了。

「停！」木蘭花叫著。

「啪」的一聲，放映機停了下來。

「剛才有一秒鐘的時間，銀幕上一片閃光，那是什麼？」

「是子彈發射的光芒，紅外線攝影對光線特別敏感，所以子彈發射的強光，便使菲林受光過度，什麼也看不到了。」

木蘭花站了起來。「這是你聽誰說的？」

「怎麼啦？陳嘉利向高翔放這段菲林時，就是這樣解釋的。」

「你倒轉去，再放一遍。」

放映機又軋軋地響起來，倒轉去再放了一遍。

「停！」木蘭花又叫著：「我已經找出其中的毛病來了。」

「什麼毛病！」

「任何子彈，從大廳的一角射中賀天雄所在的位置，都用不著一秒鐘那麼久。」

「那麼你是說……」

「所有的人全被賀天雄瞞過了，我料得不錯，賀天雄召高翔去，果然有目的，他是利用高翔來證明他死了，而事實上，他沒有死！」

「他沒有死？」穆秀珍幾乎跳了起來，「那麼這個面上血肉模糊的……」

「不管他是什麼人，他不是賀天雄，關鍵就在那一秒鐘之內！賀天雄一定早已知道有人在他的別墅之外，安裝了長程攝影機，他也樂得讓人家拍攝，他只要在最要緊的關頭，發出為時一秒鐘的強光，破壞攝影，那就夠了，這是十分容易做到的事，利用一輛車子的車頭燈照上一下就可以了。」

「可是陳嘉利說——」

「陳嘉利太相信他自己佈置的攝影機了，卻不知這攝影機雖然忠實地記錄了一切，但是卻欺騙了他一秒鐘，而這一秒鐘，已可以使得賀天雄利用地板上的機關轉身，另換上一個死屍來了！你看，死屍的面部只是一團血肉，怎能證明他是賀天雄。」

穆秀珍呆了半晌，道。「那麼死光武器——」

「死光武器當然還得從賀天雄的身上著手，來，我們快去。」

「到那裡去？」

「到賀天雄的別墅，賀天雄可能還在，死光武器一定還未曾到達本市。」

「你怎能肯定？」

「當然是，賀天雄這樣的佈置是為了什麼？還不是為了掩人耳目？讓我和高翔去爭個你死我活，他卻安然地另有途徑，去接收死光武器！」

「我們都被他愚弄了！」穆秀珍叫道。

木蘭花微微一笑，「在五分鐘之前，我們是被他愚弄了，但是現在，我們已在這段影片之中弄明白了他的詭計！」

「好，這回看看是誰勝誰敗！」穆秀珍豪意凜然，兩人又一齊離開了住所，上了她們自己的車子，向賀天雄的別墅疾馳而去。

在那間華麗的書房中，高翔輕輕地擺動著那隻「死光錶」。

「兩位，看清楚了麼？」

陳嘉利和那瘦子的眼珠隨著「死光錶」的左右擺動而左右轉動著，樣子十分有趣。

「二十萬英鎊，兩位。」

「我們答應給你，當然給你的，可是，死光武器的製作圖樣呢。」陳嘉利問。

「這個——」高翔有些尷尬，「圖樣既然已不在世了，我們還何必去討論它呢？」

「那麼，閣下以應得的二十萬英鎊這個數字——」

「不能滅！」高翔不等那瘦子講完，便大叫聲道。

「好，不滅。」陳嘉利踏前一步，可是眼睛盯在高翔手中的「死光錶」上，又不由自主地後退了兩步：「我們怎樣才能證明你手中的是死光錶呢？」

「是啊，」那瘦子也說：「我們所見到的，只不過是一隻普通手錶而已，世界上再貴的手錶，也不會值二十萬英鎊的吧！」

「我當然可以證明給你們看！」高翔洋洋得意：「但是死光武器是十分危險的武器，兩位總不致要我靠兩位來作試驗吧！」

「不！自然不！」陳嘉利和那瘦子兩人面上變色，又向後退了幾步！

「哈哈！」高翔笑了起來：「我當然不會拿兩位來做試驗，因為我還得向警方拿二十萬英鎊我應得的報酬啦！」

「是！是！」兩人面上，顯出駭然之色，眼睛仍望著高翔手中的那隻「死光錶」。

那其實是看來和普通的鬧錶並沒有多大分別的一隻手錶，只不過體積略為大些而已。

「吩咐你的手下，去取一隻有老鼠的鐵籠來，我們以老鼠來做試驗。」高翔一手插在腰間，神氣活現地下著命令。

陳嘉利立即按下傳話器的按鈕，向他的部下轉達著高翔的話。

「我不知道如今在我手中的死光武器，威力強到何種程度，但是它體積十分小，可能不會令鋼鐵熔化，不會令房屋成灰！」高翔一本正經地說著。

「陳探長，」那瘦子有些膽怯，「我們還是不要試了吧，就這樣轉呈給上級好了！」

「這個——」陳嘉利顯然也有著同樣的意思，只不過不便說出口來。

這時，如果高翔也說不必試驗的話，陳嘉利一定會同意的。

但是，高翔卻不。

「不！」他莊嚴地搖著手，說：「我堅持要試，這是我的……我的……商業信用！陳探長，是不是？」

陳嘉利和那瘦子又點著頭。

不一會，有人敲門。

陳嘉利到了門口，將門打了開來，一個漢子提著一隻內有一隻白鼠的鐵籠，站在門口。

陳嘉利探長伸手接過了那鐵籠。

他向那大漢眨了眨眼，道：「一切都準備好了麼？」

「只等命令。」

陳嘉利探長點了點頭，「啪」地關上了門。

剛才在門口的對話十分輕，高翔並沒有注意。

陳嘉利提著鐵籠，向前走來，放在桌上。

高翔向籠子望了一眼，像是在朗誦著新詩：

「可愛的小白鼠啊，你立刻便要成為人類殘酷發明的犧牲品了！」

他站到了鐵籠面前十呎處，抬起頭來：「你們看仔細了，這死光錶上，一共有兩個『把的』，我按動其中的一個，另一個之中，便會射出一束光線來，那就是殺人的死光了！」

他講完之後，又大聲道：「看！」接著，他便伸手在一個「把的」之上，輕輕地按了一按。

果然，在另一個「把的」之上，有一股光線射了出來。

那股光線十分黯淡，若不是小心看，幾乎看不出來。

「將大燈關掉！」

陳嘉利將大燈關去，只剩屋角的一盞座地燈，室內的光線黯淡了許多。那股自手中射出的光線也明顯許多了，三個人都看得很清楚，那光線正射在籠中的一頭白鼠身上。

三個人都在想，那頭白鼠一定會慘叫一聲，滾地便死了。

但是卻不，那頭小白鼠眨著紅色的眼睛，以十分新奇的眼光望著那股光線。

「高先生！」陳嘉利的面色，由緊張變成詫異，大叫了一聲。

「噢，這……可能是距離太遠了。」高翔的面色則由得意而變成尷尬。

他踏前了兩步。那股光線仍然射在小白鼠的身上，但是小白鼠抖了抖身上的白毛，一點也沒有死亡的跡象。

「高先生！」陳嘉利的面色變得憤怒。

「還是……還是太遠！」高翔衛手伸入袋，取出手帕來，抹拭著額上的汗珠。

他一直來到了鐵籠之前，將「死光錶」湊在鐵籠之前，可是那小白鼠卻仍然一點懼怕的意思也沒有，反倒伸出爪來，抓弄那隻「死光錶」！

陳嘉利和那瘦子兩人站在高翔的身後，兩人互望了一眼，面上已充滿了怒意。

那瘦子取出了手槍來，對準了高翔的背心。

但是陳嘉利手一推，推在瘦子的手腕上，將瘦子的手推開。

「高先生，不要再玩魔術了！你手中的，並不是什麼死光錶！」陳嘉利厲色道。

「應該是的，為什麼不是？可能是機件出了一點毛病……」

高翔轉過身來，滿頭大汗，一面抹拭，汗珠又冒了出來。

「毛病？只怕是你的腦子有了毛病。」那瘦子陰森森地道。

「高先生，想不到你和警方開了這樣大的一個玩笑！」

高翔瞪著眼，他心中自然惱怒，用力一摔，將那隻「死光錶」摔在地上。

「啪」地一聲，「死光錶」被摔了開來。

三人一齊向地上跌開了的「死光錶」看去，高翔更是啼笑皆非！

那隻「死光錶」的內部非常簡單，除了一對小型的電池之外，便是一隻極小的燈泡。

不錯，一按「把的」，便有光線射出，但是卻只是普通的電燈光，絕對不是什麼能在十分之一秒鐘內殺人的死光！

現在，連三歲小孩也可以知道，那隻「死光錶」是假的了！

高翔頹然地後退了幾步，坐倒在沙發上。

五分鐘之前，他以為他已經鬥勝了木蘭花，可是如今，他卻知道自己是失敗了，失敗得那麼可憐，那麼滑稽！

9 螳螂捕蟬

他猛地跳了起來。

「高先生，這件事怎麼解決？」陳嘉利冷冷地望著他。

「你們準備二十萬英鎊等著我，我一定帶著死光錶來，木蘭花是愚弄不了我的！」

「木蘭花！」

陳嘉利和那瘦子兩人相顧失色。

「和木蘭花有什麼關係？」陳嘉利連忙問。

「木蘭花是我的對頭，她也想得到死光武器，她給我假情報，愚弄了我——」高翔講到這裡，又得意地笑了起來。「但是，我卻不怕她，她如今還在我的手中，我不怕她不將真的情報告訴我！」

「你還想再欺騙我們一次？」那瘦子指著高翔，大聲喝道。

「先生，我欺騙你們，對我自己來說，是毫無好處的！」

瘦子望了陳嘉利一眼：「怎麼樣？」

「讓他走。」

高翔伸手拉開了門。「兩位，你們可以在這裡等我，我很快就會回來的！」

他大踏步地向前走去，出了那扇邊門，站在那小巷子中。

一陣風吹來，使他的頭臉清醒了許多，但是他心中的怒意卻更加旺盛。

他第一次見到大名鼎鼎的木蘭花的真面目時，他的心頭，便起著一陣十分異樣的感覺。以後，為了死光武器的爭奪，他和木蘭花作著正面而尖銳的衝突，鬥爭。但是他心中那種奇妙的感覺，卻是有增無減。

高翔是一個浪子，他一生不知有過多少美麗動人的女伴，但是他卻從來也沒有對哪一個女伴產生過這樣奇妙的感覺。

他曾經自己問自己：「愛情？這就是愛情？」

可是此際，他心中憤怒卻代替了他心中那種奇妙的感情，他以為自己對木蘭花已是處處手下留情，但木蘭花卻戲弄他，這是令他絕對無法忍受的事情！

「愛情，哼，愛情！」他在心中冷笑著，走出巷子，上了車子，直駛山頂。

高翔以為木蘭花和穆秀珍兩人還在山頂他的別墅中，在他的部下的監視之下！

他的車子，以違法的速度駛上了山頂公路。可是，當他在他的別墅旁經過的時候，他卻並沒有停下車來，而只是繞了一個彎，便駛下山去！

因為當他經過他的別墅之際，他看到他的別墅之旁停著兩警車，大放光明，至少有三五十個警員正在出入！

高翔自然不是傻子，他當然可以明白已經出了變故！而且，他立即可以相信，木蘭花已經不在了，木蘭花一定是用了什麼巧計，逃出了他六個部下的指嚇！

木蘭花究竟是用了什麼樣的妙計而逃脫的呢？高翔一時之間卻想不出來。

「這女人！」高翔一面駕車疾駛，駛向木蘭花的家中，一面喃喃地道。

他只是說「這女人」，「這女人」，並沒有置任何評語，但是從他的語氣中聽來，他顯然對木蘭花十分欽佩，有自嘆不如之感。

一下急速而刺耳的煞車聲，使高翔的車子在距離木蘭花住宅外的一條街處停了下來。高翔一躍下車，到了木蘭花住處的牆外，站了片刻。

他聽不到什麼聲音，便輕輕巧巧地躍過了那度圍牆，以極快的步法，穿過了小花園，來到正門前。他以百合鑰匙無聲地打開了門，身子一閃，走了進去。

靜，屋子中靜到了極點。

高翔取出小電筒，緩緩地照射著。客廳中沒有人。

他上上下下地搜索著，整幢屋子中，一個人也沒有。高翔來到了書房中。坐了下來，等待著木蘭花和穆秀珍回來。

但是，他坐下不到一分鐘，他便跳了起來，他開亮了燈，望著那具小型的電影放映機。

穆秀珍和木蘭花兩人在看出了那卷紅外線攝影的影片中的秘密之後，立即離去。她們未曾想到高翔會來，所以並沒有收起影片和放映機。

剛才，高翔的電筒也已經照到過那具放映機一次，但是他卻未曾在意。這時，他突然想到，這具放映機十分蹊蹺。

他開著了燈之後，伸手在放映機上一摸，放映機上還有一些微熱，那證明這具放映機被使用過，還不曾超過半個小時。

使用放映機的是誰呢？當然是木蘭花了。這是什麼影片呢？高翔立即開動了放映機。同時，他常常自詡為勝過普通人十倍的腦細胞，也開始急速地活動起來。

牆上一出現了影片，他便不禁一呆。

這段影片他是看過的。那是紅外線攝影，是陳嘉利探長放給他看的。

這時，高翔的腦中絕不去想這段影片是如何到達木蘭花手中的，他只是苦苦地思索，木蘭花為什麼要看這段影片！這段影片之中，究竟有什麼值得可疑的地方！

他看了一遍，將影片倒轉再看一遍，然後，他看第三遍。

當第三遍影片放映到一半時，高翔伸手按下了「停」掣。

放映機停了下來，停下的時候，牆上的畫面是一片空白。

高翔盯著那片空白。

「賀天雄！」他陡地叫了起來。

他也想到了，賀天雄是將他愚弄了。

他「啪」地關掉了放映機，衝出大門，跳上車子，也向賀天雄別墅疾駛而去！

木蘭花和穆秀珍兩人在向賀天雄別墅駛去之際，兩人都默不出聲。

在將要到達的時候，穆秀珍才打破了沉默：「蘭花姐，賀天雄在麼？」

「我想不在。」

「為什麼？」

「賀天雄給了我們假情報，使我們以為他已不在人世，這一切當然是為了要轉移人們的目標，使他自己的活動在神不知鬼不覺中進行，高翔此去，一定撲了一個空，說不定還有生命危險——」

她講到這裡，忽然嘆了一口氣。

「這傢伙，死也活該！」穆秀珍卻是一點也不知道木蘭花的心意。

木蘭花苦笑了一下，她的心頭掠過了一絲惘然的情緒。

「所以，假情報約定的時間，和真的死光武器轉手的時間並不會相去太遠，只不過是地點不同而已，那樣，賀天雄才能順利得手！」

「那麼說來，」穆秀珍的聲音十分沮喪：「賀天雄已經得手了？」

「極可能，此時死光武器已到了賀天雄的手上。」

「那我們不是失敗了麼？」

「我們已失敗了一大半了。」

「蘭花姐，那麼我們還到賀天雄的別墅去做什麼？」

「秀珍，」木蘭花的聲音十分沉著：「到如今為止，我們只不過失敗了一大半，還未曾徹底地失敗，在未曾徹底失敗之前，仍然可以反敗為勝的！」

「唔，你說來倒容易！」穆秀珍的神情沮喪到了極點。

「秀珍，要爭取最後勝利，非得對勝利有信心才行，我們雖然一開始便失敗，但是如今我們已識破了賀天雄的詭計，那對我們是極度有利的，我們到他的別墅中去，只要有所發現，那便可以反敗為勝了。」

穆秀珍面上的神情活躍了一些。「蘭花姐，賀天雄不見得死光武器一到手，便立即轉運出去的，我們仍有機可乘的嘛！」

「當然是，只有你這傻丫頭，才那麼垂頭喪氣，幾乎想回去蒙頭大睡的！」穆秀珍不好意思地笑了笑。

木蘭花將車子停在離賀天雄別墅不遠處，兩人一齊下了車。

「賀天雄進行這件事，因為利益十分大，因之一定非常秘密，參與的人不會多，」木蘭花在向前走去之時低聲分析：「如果他自己不在別墅中的話，那麼別墅之中，可能根本一個人也沒有，這倒可以給我們行事方便不少！」

兩人到了別墅前，繞著牆走著，來到了一扇窗前。

「這扇窗，就是那天晚上高翔跳進去見賀天雄的那扇了。」穆秀珍低聲說。

木蘭花點了點頭，表示同意她的說法。

她們兩人，本來是彎著身子的，此時才慢慢地直起身子來，向窗內望去。窗內一片漆黑，什麼動靜也沒有。木蘭花在地上拾起一枚小石子，用力一叩，「啪」地一聲，石子打破了玻璃，木蘭花和穆秀珍兩人身子連忙向旁一閃。

她們又聽得石子落在地上的聲音。接著，屋中又恢復了寂靜。

她們兩人互望了一眼。

「沒有人。」木蘭花說。

穆秀珍已踏前一步，手在被石子打破的破洞中伸了進去，拔開了窗栓，將窗子打了開來，兩人齊躍了進去，木蘭花立即打亮了電筒。

電筒的光芒照在地板上。

「賀天雄的屍首，就是躺在這裡的。」穆秀珍說。

木蘭花俯下身來，仔細地察看著地板，那地板看來，和其他的地方一點也沒有兩樣，但是不到兩分鐘，木蘭花終於看到，有一道縫比其他的地板縫來得寬些。

她取出一柄十分扁薄的刀子來，插入那道可疑的縫中。

她的刀子才插了進去，突然之間，地上一鬆，她的身子已向下跌了下去！

「蘭花姐！」穆秀珍大驚，不由自主地尖叫了起來。

「噓，噤聲！」地板下面卻傳來了木蘭花的聲音，顯然她未曾受傷。

穆秀珍定了定神。

這時，地板上出現了一個六呎長，兩呎寬的狹長形的洞。木蘭花因為剛好是蹲在那一大塊可以活動的地板上面，所以才會突然跌下去的。

這樣的一個洞，自然是足夠可以使一個活人躍下去，和換上一個死人來的了。

「蘭花姐，你沒事麼？」穆秀珍對著那個洞，低聲問著。

「我沒有什麼，你快下來。」

穆秀珍從那地洞處跳了下去。

木蘭花電筒轉動著，她找到了一排按掣，開著了燈，四面一看，那地洞下面，並不是凌亂的地窖，而是一間佈置得十分華麗的書房！

「將地板關上。」木蘭花命令著。

穆秀珍按動了幾個掣，終於按到了機關，「啪」地一聲，地板又關上了。

木蘭花來到了書房旁邊，她以百合鑰匙迅速地打開了所有的抽屜。

「秀珍，我們快搜一搜，看看可有什麼值得注意的文件。」

穆秀珍和木蘭花兩人在每一個抽屜中搜尋著，時間一點一點地過去，她們兩人顯然是一點結果也沒有。

穆秀珍嘆了一口氣，直起腰來，忽然看到在桌上的案頭日曆上夾著一張紙，她順手抽出一看，忽然笑了起來。

「你笑什麼？」木蘭花問。

「想不到賀天雄居然還是詩人！」

「詩人？」木蘭花莫名其妙地問。

「是，他寫印象派詩，你看，這不是麼？」

「秀珍！」木蘭花瞪了秀珍一眼，繼續在抽屜中尋找。

穆秀珍苦笑了一下，將那張紙拋了開去。

「秀珍，快，我們的時間不會太多！」

穆秀珍道：「蘭花姐，我失望了！」

木蘭花抬起頭來，突然之間，她的眼光停在那張穆秀珍拋去正好飄落在她腳前的那張紙上。那紙上有許多字，就是給穆秀珍當作「印象派新詩」來讀的，可是木蘭花卻不以為那是「印象派新詩」！

她呆了一呆，拾起了那張紙來。

「蘭花姐，你看這個做什麼？」

「我看有些意思！」

「有什麼意思！」穆秀珍走了過來，不屑地瞥了那張紙一眼。的確，那紙上雖然寫著不少字，但是看來實在不像有什麼意思。

那紙上的字是：「貝化交上號率羽羽非面母人水二十二韋絲北一一往木日山山日辰日青水。」

沒有標點符號，也沒有分段，更是一點意義也沒有，看來和時下的所謂「印象派新詩」的確是異曲同工之妙。但是，木蘭花的雙目之中，卻射出了智慧的光輝，望著那張紙。

「秀珍，」半晌，木蘭花才道：「我們找到我們要找的東西了。」

「就是這個？」

「是，那當然不是印象派新詩，而是密碼，可是我現在卻還解不開它！」

「密碼？我來解！」穆秀珍一把將那紙搶了過來，瞪大著眼睛望著，好一會，才苦笑道：「我解不開來。」

木蘭花苦笑了一下，又將紙拿了回來，放在書桌上。

這時候，在賀天雄的別墅之外，又有一輛車子疾馳而至。

那輛車子，在離賀天雄別墅約莫三十碼處停了下來，一個人自車中跨出，他正是高翔。

高翔疾步向前走著，立即發現了木蘭花的車子。

他在車子旁呆了不到十秒鐘，便繼續向前走去。他看到那扇窗子打開著，他探頭一看，又看著地上有一線光線射上來。

那光線是從地板縫上射上來的，高翔得意地笑了一笑，點了點頭，他輕輕地躍進了窗子，到了那塊地板前面，他右足提起，待用力蹬了下去。但是在片刻之間，他卻改變了主意。

他從懷中取出了一樣東西來，那東西一面是一隻耳機，另一面則像是醫生聽診器上的按聽器。他將耳機塞在耳上，將另一端按在地上。

那是一具性能極高，利用吸收聲音在傳播之際的輕微震盪，而使聲音還原的偷聽器。那種偷聽器，可以隔著一呎厚的水泥牆，而聽到牆內的聲音。

這時，那地板並不很厚，高翔自然可以聽清地下室之中，木蘭花和穆秀珍兩人的交談。

「蘭花姐，你有頭緒了麼？」

他首先聽到穆秀珍的聲音。

「有一點了，但是我還不能肯定。」

「唉，那怎麼辦，快清晨了！」穆秀珍又開始焦急了。

「清晨？」

「是，天快亮了。」

「別吵，秀珍，我已經有一些眉目了，這張紙上所記載的，正是賀天雄接受死光武器的時間和地點。」

高翔站了起來，他雙眉緊皺，突然之間，他轉身從窗中躍了出去。

他奔到了自己的車子旁，打開了車門，甚至來不及將車門關上，便駛著車子，到了屋後，然後，他又跳下車來，奔回木蘭花的車子之旁。

他面上的神情緊張到了極點，顯然他正準備從事一項十分重要的行動。

他費了極短的時間，便打開了木蘭花車子的車門，他跨了進去，身子伏在前座車墊的後面，屏住了氣息，一動也不動。

他才伏著，木蘭花和穆秀珍兩人也已經從窗中躍了出來。

兩人迅速地奔向車子，一人一邊，打開了車門，由木蘭花駕車，穆秀珍坐在她的旁邊，兩人全然不知道背後躲著高翔。

車子向前疾馳而出。

「蘭花姐，你究竟發現了什麼？」

「我已經知道了死光武器轉遞的時間和地點，我們立即趕去，還可以來得及。」

「就是在那張紙上？」

「是的。」

「蘭花姐，你講給我聽，你是怎麼看出來，紙上的那些字一點意義也沒有。」

「有的，你要將可以拼成一個字的字，全都拼出來，而不能拼湊成一個字的，則照原字去讀，就行了。」

「真的？」

秀珍拿起了那張紙，一字一頓地念著：「貝化——嘿，貝化拼起來是貨字，貨——交——上——號——翠——翡——面——海——唉，蘭花姐，仍是沒有意義的字眼！」

「你將它們倒過來念。」穆秀珍靜了一會，突然高呼：「我念通了，蘭花姐，紙上說：清晨日出，東經一一四北緯二十二海面翡翠號上交貨！」

木蘭花笑了一笑道：「不錯，就是那樣。」

穆秀珍沉聲道：「蘭花姐，你肯定就是即將來臨的清晨？」

「當然是，我已經說過，時間和假情報不會相隔太遠。高翔要白走一次了，不知他……他是不是會有什麼危險？」

「他死了也活該！」穆秀珍仍未曾聽出木蘭花的心意。

但是，躲在車墊背後的高翔，心中卻起了一陣異樣的感覺。只不過那也是一閃即逝的感覺，他立即開始思索，自己要怎樣行動才能出奇制勝！

車子在向前疾馳，高翔每隔上大半分鐘才慢慢地透上一口氣。因為車子在開動時的聲音，將他的呼吸聲遮蓋了下去，所以他躲在車子後面，木蘭花和穆秀珍兩人竟一直未曾發覺。

半個小時之後，汽車已在海邊停了下來，穆秀珍和木蘭花兩人下了車，高翔略抬起頭來，從車窗中向外面看去。

他看到木蘭花和穆秀珍兩人，以迅速的手法解下了一艘摩托艇。

那摩托艇十分小，只有七呎半長，兩呎半寬。可是在尾部卻裝著兩具引擎。高翔是這方面的專家，他知道這樣的一具小摩托艇，在兩具引擎一起發動的情形之下，可以達到極高的速度。

高翔看著木蘭花和穆秀珍兩人上了快艇，又聽到一陣馬達聲。摩托艇像一支箭也似向前激射了出去，高翔揚了揚手，哈哈一笑道：「木蘭花，祝你成功！」

木蘭花當然聽不到高翔的聲音，因為她早已在海中消失了，她和穆秀珍兩人是時時駕著這艘摩托艇出遊的，她們有自己繪製的海圖，穆秀珍正將地圖打開，她們發現，東經一一四度和北緯二十二度處，有一個小島，那是一個沒有人的荒島。

時間是六點鐘，距離天明已經沒有多少時間了，她們必需開足馬力趕到那小島上去！

而正當木蘭花和穆秀珍兩人緊張地在海面上飛馳，讓冰冷的海水濺得她們一身之際，高翔卻舒服地躺在車子中，點著了一支香菸，深深地吸了一口，又徐徐地噴了出來，讓菸霧在車中飄蕩。

他似乎已在自己所噴出的菸霧之中，看到了當木蘭花取得了死光武器之後，回到了車中，自己突然以手槍指住她們後頸時的情形。

高翔「哈哈」地笑了起來。他認為賀天雄是鬥不過木蘭花的。木蘭花可以得到死光武器，木蘭花得到死光武器，那就等於是他得到了，螳螂捕蟬，黃雀伺其後，賀天雄是蟬，木蘭花是螳螂，而他則是黃雀！

高翔想到得意處，忍不住笑了起來！

他知道木蘭花沒有那麼快回來的，他甚至可以安然地睡上一覺！

他真的合上了眼睛，當然，他不會睡著的。他要留神傾聽木蘭花回來時的聲音，好作準備。

10 真正勝利的人

在漆黑的海面上，摩托艇飛馳著，如同脫韁的野馬一樣，而艇首濺起的水花，也恰如野馬口中噴出來的白沫！

木蘭花掌著舵，穆秀珍則不斷地察看著海圖。如果在夏天，那這時候早已天明了，但這時是冬天，天上還只有星星在炫眼。

「蘭花姐，快到目的地了。」

「秀珍，你先準備好武器！」木蘭花熄了引擎，機器聲立即靜止，摩托艇在慣性地向前滑行了一陣之後，速度便慢了下來。

這時候，木蘭花便取出兩柄船槳，迅速地搖動起來，摩托艇在海面之上無聲地潛過，前面，在黑暗之中，出現了一個小島。

同時，在小島邊上，有一點燈光在閃爍。

穆秀珍舉起了望遠鏡。在望遠鏡中可以清楚地看得出，有一艘遊艇正泊在那荒島的岩石旁，艇首漆著三個字「巨魔號」。

「巨魔號」正是賀天雄的遊艇。

「蘭花姐，你猜得不錯，賀天雄那廝真是在這裡。」

「看得見翡翠號麼？」

「沒有，大約還沒有來。」

「秀珍，我們要小心些，必須在翡翠號未曾到達之前，解決賀天雄。」

穆秀珍嚴肅地點了點頭。

快艇在木蘭花的划行下，無聲無息地向那艘遊艇接近，漸漸地，離那艘「巨魔號」遊艇，越來越是接近了。

小艇向前滑進，五十碼，四十碼……二十碼……不到幾分鐘，小艇已到了離遊艇只有十碼的近距離中，而遊艇上仍是一點動靜也沒有。

穆秀珍喜上眉梢：「蘭花姐，我們成——」

她一句話未曾講完，「砰」，「砰」兩下槍響，打破了凌晨海面上的寂靜。

隨著槍聲，木蘭花手中的兩柄木漿齊柄斷折。

木蘭花吃了一驚，穆秀珍更是目瞪口呆。

「哈哈哈！……」遊艇的甲板上，響起了一陣夜梟也似的怪笑聲，在一幅油布下面，站起一個人來，手中提著一柄湯姆生槍。

那人是賀天雄。

「兩位小姐，你們送死來了！」賀天雄奸笑著，「快舉起手來！」

穆秀珍想要不服從，但是木蘭花已道：「舉起手來，立即跳下水去！」

穆秀珍和木蘭花兩人一齊舉起手來。

但也正在此際。她們兩人身子一側，濺起兩股水花，一齊躍進了水中！

「啪啪啪啪啪啪」，賀天雄手中的湯姆生槍立時發出了一陣驚心動魄，急驟之極的怒吼，子彈打在海面上，濺起一連串的水花，子彈打在摩托艇的油箱上，更竄起了老高的火焰。

在那股火焰高竄之際，照得滿海面上通明，可以看得出，在碧綠的海面上，升起了兩股鮮紅色的液體來。

賀天雄「哈哈」地大笑了起來。他又解決了兩個敵人，心中怎能不得意？

他放下了槍，拿起望遠鏡，向前面看著。遠處，似乎有一個極小的黑點在向前移來。他用心地注視著，要看清那是不是他等待的「翡翠號」。

他並不知道，木蘭花和穆秀珍兩人全是潛泳的能手，她們一跳下了海，便立即潛入了水中，然後，她們取出一管用塑膠管裝著的粉末來，那是十分普通的一種顏料，一見到水便化為紅色，那兩股紅色的水升上海面，賀天雄以為那便是木蘭花和穆秀珍兩人中了槍後的血水了！但實際上，兩人卻絲毫無損！

她們在水中無聲地潛泳著，在遊艇的底下游過，然後在遊艇的另一面浮上了水面，木蘭花小心地慢慢地攀上了遊艇。

賀天雄還在用心地觀看著望遠鏡。木蘭花俯伏著，慢慢地接近賀天雄。賀天雄的身子略動了一動，木蘭花連忙躲在艙門口。

木蘭花掠了掠濕髮，當賀天雄又全神貫注地去看望遠鏡時，她又偷偷地向前掩去！她已到了賀天雄的身後。

她伸手去取賀天雄放在甲板上的湯姆生槍！

就在這個時候，攀在船舷上的穆秀珍，突然打了一個噴嚏！

「哈嚏！」

那一聲響，令得賀天雄倏地轉過身來！

但是木蘭花也在這時取得了那柄湯姆生槍，她猛地直起身來，一槍柄向賀天雄的下顎擊去，賀天雄悶哼了一聲，身子向後便倒。

然而，在那一瞬間，賀天雄還來得及拔出手槍來。

「砰！」「砰！」他一連放了兩槍。

但是由於他身子因為木蘭花那重重的一擊，尚未站穩，失去了準繩，木蘭花不等他再發第三槍，槍柄又向他的手腕擊去。

賀天雄怪叫一聲，五指一鬆，槍跌到了甲板上，木蘭花手臂一振，「叭」地一聲，槍柄又重重地擊在賀天雄的太陽穴上。

賀天雄的身子軟倒在甲板上，昏了過去。木蘭花鬆了一口氣。

穆秀珍爬上了甲板，苦笑著：「蘭花姐，我著涼了——哈嚏——剛才我忍不住打了一個噴嚏！」

「快將賀天雄拉進艙去！」

穆秀珍和木蘭花兩人，一人拉一條手臂，將賀天雄拉進艙中，找到了繩子，將他捆個結實，再以破布塞住了口。這時，賀天雄已經醒了過來，但是他除了睜著眼睛看著兩人之外，什麼也不能做。

木蘭花拉過一隻布袋，將賀天雄裝了進去，她探首向窗外，一艘全綠色的遊艇已在駛近。

「蘭花姐，看這許多鈔票！」穆秀珍打開一隻皮包，裡面全是大面額的英鎊！

「那是二十萬英鎊，交換死光武器和製作圖樣的錢，快收起來，等一會我們就要用到它了。你快找一找，有沒有水手的衣服，我們快換上！」

等到木蘭花和穆秀珍兩人穿上了水手的衣服之際，「翡翠號」已經來得更近了。木蘭花提著那一皮包鈔票，和穆秀珍一齊到了甲板上。

她們揮著手，在「翡翠號」的甲板上，也有人揮著手。

這時，正好是日出時分，萬道金光，照耀得海面如同閃耀著無數金蛇一樣。

「翡翠號」越駛越近，終於在「巨魔號」的旁邊停了下來。

在翡翠號的甲板上，是一個頭髮蒼白的老者，他以懷疑的眼光望著兩人。

「我以為來接貨的是賀先生。」

「賀先生到別的地方去吸引人家的注意力，我們是他的助手，我們是女人，更不容易引起人家的懷疑，」木蘭花從容不迫地說著：「你看，二十萬英鎊，已全部在這裡了！」

那老者點了點頭，向後面一招手，立即又有三個人，從艙中走了出來。

一個人走在前面，手中像是握著什麼，另外兩個人的手中，卻提著手提機槍！穆秀珍大吃了一驚，忍不住打起噴嚏來，木蘭花則保持著鎮定，只不過她的面色也十分蒼白。

「為什麼有人攜帶武器？」她沉聲問。

「噢！」那老者歉意地笑了笑，「武器當然不是為了對付你們的，我們和賀先生交易已不止一次了，以後還繼續有交易，豈能這樣沒有信用？」

那兩個人垂下了槍口，木蘭花和穆秀珍兩人同時鬆了一口氣。

那手中捏著東西的人，走到船舷，木蘭花也走到了船舷。

那人伸出手來。

「死光武器被製成一隻女用手錶，賀光生正有先見之明，所以才派兩位來。」

那人打開了手心，在朝陽之下，一隻和普通手錶幾乎沒有分別的女用手錶，在那人的手心上的一隻盒中閃著光，所不同的，是有著兩個「把的」，而且都很長，約有半公分。

「製作圖樣呢？」

「縮成最小的菲林，藏在第七節錶帶中。」

「好，這裡是二十萬英鎊。」

一隻手接過了「死光錶」，另一隻手接過了那隻皮包。「翡翠號」立即以全速向前面疾駛了開去，轉眼之間便已不見了。

「蘭花姐，讓我看看死光錶。」

木蘭花將手中的「死光錶」交給了穆秀珍，道：「小心些。」

「原來那麼小！我懷疑這麼小的武器有什麼威力，蘭花姐，我想試一試！」

「不可以！」

但是穆秀珍已經動了手！

她一手按在一個鑄有極細小的「Poner」的字樣的「把的」上。

突然之間，從另一個「把的」中，射出了一股強烈得連眼睛睜不開來的強光來，射在海面上，海水被那股強光激起了一股水柱！

「快鬆手！」

穆秀珍已經嚇得呆了，她連忙鬆手。

木蘭花一把搶過了死光錶。海面已經恢復了平靜，但是，卻浮起了大大小小許多死魚來。

兩人呆了好半晌。穆秀珍驚呼：「這真是具有不可思議威力的武器！」

木蘭花並不出聲，只是望著海面上的死魚，靜靜地思索著。

又過了好一會，她才道：「秀珍，我們該回去了。」

穆秀珍發動了「巨魔號」的引擎，木蘭花則在甲板上踱著步。

「巨魔號」在朝陽的陽光之下，破浪前進。

木蘭花一直在沉思著，穆秀珍則快樂地唱著歌。

在岸上，她們汽車中的高翔，卻等得有些不耐煩起來了。

他已經吸完了香菸，頻頻望著海面。

終於，他看見「巨魔號」了，他面上露著詫異的神色，他取出了手槍。

「巨魔號」駛到了岸，木蘭花和穆秀珍兩人擱好了跳板，一齊走了下來。

高翔鬆了一口氣，重又伏了下來，他知道賀天雄完了，木蘭花勝利了。

但是木蘭花的勝利卻是暫時的，真正勝利的人將是他！

高翔蟄伏著，他聽得有人走進車子，有人打開車門，木蘭花和穆秀珍兩人上了車。

「蘭花姐，真想不到那死光武器有那麼大的威力！卻又小得只有一隻女用手錶那麼小。」

木蘭花並不出聲，她用鼻子嗅了兩下，面上忽然現出了懷疑的神色。

但是已經遲了，當她聞到了車中有著菸味，而知道有人潛伏在車中的時候，高翔的手槍已經抵在她的後頸上了！

「蘭花小姐，別以為我不會開槍！」

「你這壞蛋。」穆秀珍回過頭來怒喝。

「穆小姐，如果你不閉上你美麗的小嘴的話，我會打得你昏過去，讓你不能開口。」

「秀珍，別開口。」木蘭花沉聲說。

「哼，蘭花姐，你還擔心他哩，看他現在是怎樣對付你！」

「我並沒有損傷兩位絲毫呀，但是，死光錶和製作圖樣，請你交出來。」

「高先生，」木蘭花說：「陳嘉利是另一國特務集團的頭子，他們假借警方的名義使你受愚弄了。」

高翔呆了一呆：「我可以相信你的話，但是我已答應他將東西送去，而且接受他的二十萬英鎊，這是我工作的報酬！」

「高先生，你非但得不到二十萬英鎊，而且他們將會殺你滅口。」

「那是我的事情，至於你的事，蘭花小姐，就是將死光錶給我！」

「好，給你。」木蘭花伸過手，她手中握著一隻黑色的盒子。

穆秀珍忽然哭了起來：「蘭花姐，我們終於失敗了，失敗得多麼不值！我們……」

她哭得十分鎮靜。

「我要試一試死光武器的威力，我已經上過一次當，不能上第二次了。」

「高先生，你不能試。」

「噢，你不要我試，我非試不可呢！」

「那是你的事了。」

高翔已打開了盒子，望著裡面的「死光錶」，說：「為什麼我不能試？」

「你已講了非試不可，何必多問？」

木蘭花越是不說，高翔越是想問個明白：「你不妨說說。」

「這件死光武器，為了轉運方便，製成了手錶的形式，它上面少了一個零件，那零件的作用，是防止使用者受到死光輻射性能傷害的。」

「噢，那麼就是說，試用的人，會因為強烈的輻射性而慢慢地死亡？」

「對了，你要是不信，只管試一試，至於圖樣，是在錶帶的第七節中。」

高翔找到了第七節錶帶，輕輕地按了一下，「啪」地一聲，錶帶彈了開來，裡面藏著兩卷極小的菲林，高翔表示了滿意。

「好，我可以不試。從秀珍小姐的傷心上，我可以知道這是真的死光武器了，秀珍小姐，你是絕不會掩飾自己感情的，是不是？」

的確，穆秀珍是爽直之極的人，她雖然知道木蘭花所說的「輻射性」的話是胡說，但是這時，她卻因為死光錶落入了高翔的手中而傷心，這時，她哪裡還講得出什麼話來。

「好，請兩位下車，我要借用一下兩位的車子，兩位只要步行半小時，離開這荒僻的海灘，便一定可以找到車子回市區了！」

在高翔手槍的指嚇下，木蘭花和穆秀珍兩人下了汽車，高翔也出了車子，但是他迅速地上了車頭，一踏油門，車子飛駛而去。

高翔一去，木蘭花轉頭向遊艇上便跑。

「蘭花姐！蘭花姐！」穆秀珍大叫著，追了上去。

「秀珍，遊艇上有無線電通訊儀，你設法和方局長聯絡，要他立即派人到陳嘉利的總部去！」

「死光錶還搶得回來麼？」

「不是去奪死光錶，是去救人，救高翔！」

「救高翔，這該死的東西——」

「你快照我的吩咐去做！」

木蘭花奔上了遊艇，在甲板的一角上，找到了一輛可以折疊起來的自行車，她提著奔上了岸，打開自行車，便跨了上去。

「蘭花姐，你到哪兒去？」

「我先去，遲到一刻，只怕高翔就要遭陳嘉利的毒手了！」

「蘭花姐！蘭花姐！」穆秀珍急叫著，但是木蘭花已踏車而去了。穆秀珍一頓足，回到了艙中開始和警方接觸。

在陳嘉利的總部之外，高翔輕鬆地下了車。

這一次，他是真正的輕鬆，因為不管陳嘉利代表哪一方面，在五分鐘之內，他便可以帶著二十萬英鎊離開這裡了！

他吹著口哨，拍了幾下門，便走了進去。

陳嘉利和那瘦子兩人，立即開了房門，探出頭來。

「得手了麼？」陳嘉利問。

「我有失過手麼？」他得意地跨進了房間。

「在哪裡？」

「我也要這樣問。」

「你的錢在這裡。」那瘦子拿著兩疊鈔票，在手心上拍了拍。

「你的死光錶和圖樣在這裡。」高翔從上衣袋中取出了那隻盒子，打了開來。

「圖樣是濃縮菲林，藏在第七節錶帶內。」

陳嘉利接過了盒子，打開錶帶，看了看，交給那瘦子。

「我們要試一試。」

「不能試，那死光武器為了轉運方便，沒有防止輻射性的零件，試驗將會使持有人受致命的毒害，有菲林，你們還不信麼？」

「好。」瘦子一伸手，說：「這裡是你的二十萬英鎊。」

高翔伸手接過了鈔票，但是，他握住鈔票的手才縮到一半，便立即僵住了，那瘦子在鈔票下面藏著一柄小型手槍，手槍正對準了高翔！

電光石火間，木蘭花的話在高翔的腦際閃過，他呆了不到十分之一秒，用力一抖手，兩疊鈔票已向那瘦子的面上拋去。

而在拋出鈔票的一剎那，他身子向後躍了出去，躲到了一張沙發的後面，拔槍放射，瘦子肩部中槍，向門外疾退而出。

高翔向旁移動了一步，陳嘉利一槍射來，高翔怪叫一聲，在牆上滾了一滾，滾到了另一張沙發的後面，他左臂有鮮血流出，手已握不住槍。

「高翔，你是沒有希望和我們抵抗的，」他舉槍向沙發之後瞄準。

突然槍聲響，一顆子彈從窗外飛來，恰好打在他持槍的右手，陳嘉利陡地一愕，他的槍也落到了地上，一個人已破窗而入，立即伏在沙發之旁。陳嘉利一個翻滾出了門。

那人轉頭向高翔望去，高翔用左手拾起了槍，向那人望去。

「蘭花小姐！」當他看清那人是木蘭花之際，他不禁苦笑，「想不到你救了我的命。」

「別廢話，我們快設法！」

「死光錶已落入他們手中了。」高翔仍然苦笑著。

木蘭花跳了起來，用力推倒那張大型的鋼寫字檯，一拉高翔，兩人躲到了鋼檯後面。他們才一躲下，一排子彈射在鋼桌上，桌面上出現了一排彈孔！

木蘭花呼吸急促，緊抵著嘴：「我們沒有機會逃出去了，四面都是他們的人。」

又是一陣槍聲，子彈呼嘯，兩人連忙低了頭躲避。

「衝進去！」門外有陳嘉利的聲音。窗口也有人探出頭來。

「砰！」高翔左手發槍，窗口的人應聲而倒。

「砰！」木蘭花發槍，門則打開，一個手中提著湯姆生槍的人，還未曾跨進來，便中了槍，身子打了好幾個轉，跌倒在門口。

「我已經叫秀珍設法通知警方，」木蘭花喘著氣說：「希望他們能快些趕到。」

窗口，門外，不斷地有人出現，但是一有人出現，便立即倒下，陳嘉利的聲音在怒叫著，但是，警車的嗚叫聲已傳過來了，淹沒了陳嘉利的聲音！

槍聲陡地停止，顯然警車聲一響起，所有的人都只顧逃命了。木蘭花和高翔仍然伏著。

「蘭花姐！蘭花姐！」門外突然傳來了穆秀珍的聲音：「陳嘉利已被捉住！

所有人都投降了！」

木蘭花站起身來，高翔拋去了手中的槍，也站了起來。

穆秀珍衝進了門，她的身後跟著方局長。

「那瘦子逃走了沒有？」高翔急切地問。

「瘦子？在被捕的人中，沒有一個瘦子。」方局長代答。

「蘭花小姐，」高翔道：「很抱歉，那瘦子逃走了，死光武器和圖樣終於落入了他們的手中。」

方局長和穆秀珍兩人大驚失色。

木蘭花的面色卻十分鎮定，微微一笑：「沒有死光武器，也沒有它的製作圖樣。」

「沒有？」秀珍首先叫道：「我們曾經試過它的威力！」

「是的，在海上駛向岸的時候，我已將死光錶的內部機件拆了下來，同時將菲林畫花了，那瘦子將什麼也得不到！」

「唉，」方局長十分可惜，「穆小姐，那麼你也得不到一筆巨額的獎金了。」

「我試過這武器，」木蘭花的面色十分莊嚴：「我也認識了它的威力如此驚人，而使用如此方便的武器存在於世，對人類來說，是極大的禍害，我能夠親手將之毀去，雖然拿不到巨額獎金，但是我仍然十分高興！」

「哎，原來你早已毀去了死光武器，還害得我傷心了！」穆秀珍埋怨著。

「蘭花小姐，」高翔來到了木蘭花的前面，面上現出慚愧的神色來。

「什麼事，高先生？」

「比起你來，我真是差得太遠了！」

「別這麼說，你幾乎已經勝利了！」

「但是我終於失敗了！」

「哼，」穆秀珍插口道：「敗在我蘭花姐的手下，你難道不服麼？」

「當然服，口服，心服，但是穆秀珍小姐，對於你麼？可就不怎麼服。」

「哼，不是我去通知警方，你們兩人早就死在一起了，還說不服！」

高翔笑了笑，轉向木蘭花：「蘭花小姐，希望我們能在和平的氣氛下再見一次面，我還想知道你是怎麼從我部下的監視下走脫的。」

木蘭花微笑著：「當然可以！」

他們兩人四目交投，但是穆秀珍卻在這時拉了木蘭花就走。

「蘭花姐，我們別理他，走吧，這裡的事情由方局長來處理好了。」

兩人走出了巷口，上了她們自己的車子。

「蘭花姐，」車子在行進中，穆秀珍忽然道：「我總覺得你毀去了死光錶是沒有用的，難道不會有第二個科學家再發明同樣的武器麼？」

「唉，」木蘭花嘆了一口氣：「人類不停止製造武器，人類的禍患便不消除，說來人還是萬物之靈，但是卻在毀滅自己這一點上下那麼大的功夫，我們只要盡一分力，真的人類有自我毀滅的一天，我們也是無可奈何的了！」

穆秀珍不出聲。

車子向前馳著，車輪急速地滾動著。

在不斷滾動著的人類歷史巨輪，究竟是不是有一天會滾進人類徹底自我毀滅的深坑中，那只怕是誰也不能回答的問題了！

黑龍

1 空中迫降

颶風已至，天色濃黑，平日熱鬧非凡的機場一反常態，變得十分冷清，班機都被取消了。但是，在機場的控制室中，氣氛卻十分緊張。

控制室主任對著話筒，幾乎是在大聲疾呼：「你不能降落，你所駕駛的小型飛機，它不能衝破濃厚的雲層，據我們所得的報告，本市上空的氣流，已因為颶風的關係，正處在極不穩定的情形之下，請你轉飛台灣或菲律賓。」

從另一個傳話器中卻傳來一個十分鎮定的聲音：「我必須降落！」

「或者，請你準備滅火車和救護車。」那聲音略為猶豫了一下，「但是，我必須降落。」

控制主任轉過頭，他的副手焦急地望著他。

「開亮所有跑道上的燈光，打開一切霧燈，準備救護車，通知所有工作人員應付一切可能發生的緊急事故！」控制主任下達一連串命令。

「主任，」副手在接受了命令之後，提出了抗議，「在這樣惡劣的氣候中，你接受他降落的要求？」

「沒有辦法，」控制室主任攤了攤手，道：「他是一個十分重要的人物，我們必須任由他自己行事，他……唉，他硬要降落的結果，九成是機毀人亡。」

副手是一個年輕人，激動地說：「那麼，我們就應該斷然拒絕他降落！」

控制室主任向控制室的門呶了呶嘴，就在這時，兩個人推門而入，走在前面的一個，是五十上下的中年人，頭髮已經花白了，眼中閃耀著聰明果斷的光芒。

那是本市的名人——本市警方的總負責人方局長。

跟在他後面的，是一個神情瀟灑的年輕人。那年輕人的外形，乍一看，有點像花花公子，他是一個冒險家，後來改邪歸正，成為警界的擎天一柱。

副手一見方局長出現，便立即住了口。

「怎麼樣，」方局長來到控制室主任的面前，「降落有困難麼？」

「你自己看吧！」主任指著窗外。

巨大的雨點，急驟地灑了下來，雖然所有的霧燈全都開亮了，但是能見度還是極低。

高翔踏前幾步，站到了玻璃窗前，說道：「可以降落的，那須看他的技術如何，駕駛的是什麼類型的飛機。」

「先生，」控制室主任沉不住氣，諷刺地問：「以你的駕駛技術而言，要什麼樣的飛機，才能在這樣的天氣安然降落呢？」

「一架舊式的蚊式戰鬥機便可以。」高翔滿不在乎地說著。

「哼，」控制室主任道：「他駕的正是一架舊式的蚊式戰鬥機，如今要看他是不是夠技術了。」

在控制室中，另外兩個工作人員正在雷達前緊張地工作著。

「下降了！」他們報告著：「他幾乎是直跌下來的……六千呎……兩千呎……一千呎……他又上升了六百呎那是氣流的關係，飛機是被氣流湧上去，他又下降了，八百呎，七百呎，六百呎，他一路跌下來……四百呎……他在繼續下跌……」

這時，不用那兩個工作人員的報告，所有的人也可以看到那架飛機是怎樣地下來的了，一架小型的蚊式戰鬥機突然從雲層中落了下來，像是一塊石頭一樣。

方局長和控制室主作閉上了眼睛，不忍再看。

飛機迅速地接近地面，高度連跳傘都不可能了，風雨聲中，救護車呼嘯而前。

那兩個工作人員也停止了報告，他們甚至不再去注視雷達儀表，只是注視著那架飛機，那架飛機直線下降，等到離地面只有一百呎高下時，才突然奇蹟似地向上翹了一翹。

「有希望了。」高翔情不自禁地叫著。

在機頭翹高之後，飛機保持了短時間的平穩，向跑道瀉了下去。

但是，當機輪才一接觸跑道的時候，飛機猛地震了一震，左面的機翼，像是被一柄鋒利無比的利刃切過一樣，齊著機身斷了下來。

機翼一斷，飛機立即失去平衡，向右側去，右翼在地上一拖，像是泥糊地一樣皺了起來，然後，「轟」地一聲響，起了火，飛機也停了下來。

救火車也在同時趕到了飛機旁邊。救火車噴出了大量白色的泡沫，救護人員衝進機艙去。

高翔和方局長兩人衝出了控制室，冒著大雨，向跑道上奔去，等他們奔到跑道上時，救護車已經疾馳了過來。

方局長大聲問道：「怎麼樣，人怎麼樣？」

風聲，雨聲，車聲，把方局長的語聲全都蓋了過去，高翔大聲道：「我跟車前去看看！」

他快跑了幾步，縱身便跳。他的手攀住了救護車，雙腿一縮，身子便離地而起，懸空掛在車上。

救護車慢了一慢，司機絞下了車窗。高翔右手伸進去，打開了門，身一轉，已經進了車頭，濕淋淋地坐了下來。

救護車的速度陡地加快，車尾的紅燈閃耀著，轉瞬之間便不見了。

方局長全身濕透，回到了控制室中。

控制室主任正在團團亂轉，不斷地說道：「恥辱，這是完全和普通的航空常識違背的！」

「朋友，」方局長在主任的肩頭拍了拍，「這世上和普通常識相違背的事情太多了。你以為他喜歡在暴雨中降落麼？」

「兒戲，簡直是兒戲！」控制室主任仍是在大叫。

方局長脫下了帽子，絞出了水來，轉身便走出了控制室。

在跑道上，燃燒的飛機已不燃燒了，所謂「飛機」，這時已剩下一堆破銅爛鐵了！

這時，在飛機場相隔一個海峽，距離約有兩哩，位於半山區的一幢花園洋房中，氣氛卻和飛機場上的混亂，焦急，完全不同。

那間起居室佈置得很雅緻，傢俬全是古典型的，在一張棕色的高背大皮沙發上，半躺著一個人，那人穿著一件紫紅色的寢衣，一本雜誌蓋在他的臉上，那是一本裸女雜誌。

他的背後，站著兩個大漢——那是真正的大漢，身高都在六呎半上下，拳頭比常人大兩倍，穿在他們身上的西裝，像是隨時可以爆裂一樣。

他們兩人站在高背沙發之後，一動也不動，面上也是平板板地，絕無任何神情。

在近露臺的窗前，另有一個面目陰森的中年人，正在一具望遠鏡前張望著。那是「200×400」的長程望遠鏡，在望遠鏡前還有紅外線觀察器，可以在夜中視物。

望遠鏡的方向正對著機場，那中年人從望遠鏡中看到的飛機場跑道上所發生的事，可能比在機場控制室中看到的更清楚。

「金星，」那面目陰森的中年人如此稱呼半躺在沙發上的人，「他降落了。」

「他看來還健康嗎？」在裸女雜誌之下，傳來了一個懶洋洋的聲音，那便是被稱作「金星」的人所發出來的，「向他招手，歡迎他的來到，土星。」

那面目陰森的中年人，對於「土星」這個稱呼，似乎頗有怡然自得之狀，他怪聲地笑了起來，道：「真要歡迎他的，怕不是我們，而是醫生，或者是殯儀館的化妝師了。」

「金星」突然坐直了身子，他面上的裸女雜誌幾乎跌了下來，但是他立即伸手一按，又將雜誌按回臉上，人也又半躺了下去。

「唔，他出事了麼？」

「是的。」「土星」回答著：「他的飛機完全毀了，但是我看到他被抬上救護車。」

「他臉上的神情怎樣？」

「我看不到，我只看到一個人被從機艙中拖出來，立即送進了救護車。」

「那你怎知是他？」「金星」含有責問的口氣，顯然他的地位比「土星」來得高。

「土星」聳了聳肩，道：「你以為有第二個人麼？他到達的時間，駕駛的飛機，正和我們的情報完全吻合！」

他一面說著，一面用力敲著身旁的一張書桌，表示他心中的憤懣。

書桌上放著一張放大的照片，照片上是一個四十七八歲的阿拉伯中年人，和一個九歲上下，美麗的阿拉伯女孩。背景是一幢雅緻的房子。那阿拉伯中年人雖然在笑著，但是他面上的神情仍然十分剛毅。

「金星」「唔」了一聲，道：「調查一下，他被送到哪一間醫院去了，傷勢如何。」

「土星」按動了傳話器的掣，照「金星」的話吩咐了下去，室中又恢復了沉靜。

過了十五分鐘，傳話器響起了「嗚嗚」聲，當「土星」按掣後，一個聲音傳了出來，道：「緊急降落的傷者送入了市立第三醫院，正在急救中，據說沒有生命危險。」

「金星」懶洋洋地伸了一下腿，仍不將臉上的雜誌取下，道：「報告總部，薩都拉依時來到，但是身受重傷，我們聽候指示。」

他頓了一頓，又道：「送束鮮花去給薩都拉。要好的。」

薩都拉這個名字，在阿拉伯國家之中，是十分響亮的，他是一個大人物，是一個以出產石油著名的阿拉伯國家的內政部長和警察總監。

他曾經代表阿拉伯國家，在聯合國中，為阿拉伯國家爭利益，他所發表的幾篇演說，被公認為是極其傑出的政治文件。

這樣的一個名人，他的行蹤，應該是新聞記者追蹤的目標了，再加上他獨自駕機來到了本市，而又機毀人傷，應該更是轟動的大新聞了。

可是事情卻剛好相反，在特殊的佈置下，飛機的殘骸立即被清除，機場所有的工作人員都奉令保守秘密。

第二天早上，暴風雨已過，所有報紙的頭條新聞都是有關這場颶風的，沒有一家報紙提及這樣一個重要的人物，正在醫院中求醫。

2 黑龍黨

在市立第三醫院頂樓的一間病房中，病床上躺著一個滿身都是繃帶的傷者，只有一對眼睛露在外面，那雙眼睛正閉著。

在病床之旁，一個人正在輕輕踱步，那人身上披著一件白色的長衣，看來像個醫務人員，但是他卻是高翔，他不斷地向床上的傷者看去，面上露出焦急的神色來，終於，他拉開了門，向外走去，在走廊上，他攔住了一個迎面而來的醫生。

「醫生，已經一夜了，他還在昏迷狀態。」

「他會醒來的。」醫生的答覆十分肯定。

「什麼時候醒來？」

「我們不知道，但是就醫學的觀點來說，他倒是愈醒得遲愈好。」

這時，一個醫院的雜役（高翔一眼便看出那是警方人員），拿著一束名貴的鮮花走了過來，神情十分緊張，到了高翔的身邊，低聲叫道：「高主任！」

順便介紹一下，高翔在經過了「死光錶」那件事之後，頗得方局長的賞識，棄邪歸正，如今是警方機密工作室主任，地位十分重要。

「那是什麼玩意兒？」高翔指著那束蘭花。

「一個人送來的，給——」那「雜役」指了指病房的門。

高翔一呆，一伸手，便將那束名貴的蘭花搶了過來。

在那束蘭花上，附著一張卡片，卡片上以打字機打著：

「給親愛的薩都拉先生，歡迎你來到，祝你早日康復，金星，土星。」

高翔將卡片拉了下來，將那束蘭花放在地上。但是他隨即改變了主意，將蘭花拾了起來，輕輕地走進病房，將花插好。

就在這時，門又被人輕輕推了開來，方局長探頭進來。

「他醒了麼？」

「沒有。」高翔無可奈何地攤著手。「但是有人送花來給他，他叫薩都拉，這聽來像是一個阿拉伯人的名字，是不？」

方局長的面色變了變，一伸手，從高翔的手中搶過了那張卡片。

「方局長，我想，你應該將事情的來龍去脈都告訴我才是了。」

「好的，我應該全告訴你。他們既然選中了我們這裡來施展他們的神通，我們就不能置之不理，我們要做的事太多了！」

「首先，我想知道『他們』代表的是誰。」

「黑龍黨。」方局長的回答很簡單。

「黑龍黨？這是什麼組織？」

「我們到露臺上去說，別妨礙了傷者。」

高翔推開了露臺的門，和方局長一齊走出去，兩人一起沐浴在朝陽之中，在籐椅上坐了下來。

方局長打開了公事包，取出了一隻文件夾，道：「這是黑龍黨的資料，由國際警方提供的，國際警察部隊說他們很抱歉，關於黑龍黨，只有這些資料。」

高翔打開文件夾來。第一頁上，用打字機打著「黑龍黨」三個字。

下面是：組織成立日期：不明，組織成員：已知首領十人，首號人物，代號「太陽」，其餘九人，以九大行星作代號，地位高低，以接近太陽的行星定奪。

方局長苦笑道：「這群人中，大概有一個對天文學頗有心得，所以才想出這樣的一個辦法來。你明白了麼？第一號人物是『太陽』，九大行星中，離太陽最近的是水星，因此第二號人物的代號是『水星』。」

「我明白了，因此，送蘭花的『金星』，是黑龍黨中的第三號人物，而土星則是……」高翔頓了頓，在計算著：「……是第七號人物。」

「不錯，」方局長點點頭，「也就是說，黑龍黨的第三號人物和第七號人物已在本市。」

「那是很看得起我們了，你可知道為什麼？」

「你先將資料看完了再說。」

高翔又繼續去看那資料，接下去，是有關十個領袖人物的簡傳：

第一號：已知代號「太陽」，身分來歷相貌特徵不明。

第二號：已知代號「水星」，身分來歷相貌特徵不明。

第三號：已知代號「金星」，身分來歷相貌特徵不明。

高翔只看了三個，便抬起頭來，道：「難怪國際警方要向你抱歉，說他們所得的資料不全了。」

「這是一個真正的凶犯組織，可以說是世界上最危險的犯罪集團，你再看下去。」

第四號：已知代號「地球」，是世界上最凶惡的罪犯之一，曾殺人、盜竊、爆炸，第二次世界大戰期間曾協助德國納粹，破壞盟軍的地下組織。化名極多，通常用的名字是艾契曼。紅髮，棕色眼珠，身高五呎九吋，愛爾蘭人，曾有七年監禁記錄，最後一次是在法國犯槍擊內閣部長之罪，判無期徒刑，被送至非洲魔鬼島服刑，三個月後，自該島逃脫。

在文字資料之後，還附有一張這代號「地球」的照片。

從照片中看來，「地球」不失為一個英俊的男子，但是他眼中的神情，即使在照片上看來，也使人覺得這是一個魔鬼，而不是一個人！那是一種邪惡之極，為了達到目的不惜用任何手段的人！

像這樣一個窮凶極惡的罪犯，在這個「黑龍黨」中，只不過佔第四名，那麼第一、二、三號人物究竟是什麼樣的人，的確難以想像了。

下面第五號、第六號，也是情形不明。第七號「土星」，出乎意料之外的，原來竟是南美洲一個獨裁國家的情報局長！

當那個國家的獨裁政權被推翻之後，這位情報局長流落在外國，曾經策劃了幾件十分出色的劫案，這證明這個如今在黑龍黨中代號「土星」的人，有著十分高強的犯罪手段，他的原名叫里賓度。

第八號，第九號，第十號的資料，也是付之闕如。

高翔繼續翻著文件。

黑龍黨在一年之前，曾經盜竊過設在阿拉伯幾間大石油公司的機密文件，究竟這些機密文件被竊之後，有什麼損失，如今還不知道，因為黑龍黨在竊得了那些極重要的資料後，似乎就滿足了。由於黑龍黨還沒有行動，當然無從估計損失。

黑龍黨還曾以十分出色的手段，將載在七十多節火車上的輸油管，在一夜之間劫走。據估計，這些輸油管如果聯接起來的話，可以長達七十餘公里。

那些輸油管是一種新的化學合成劑製造的，是美國一家化學工廠的新產品，準備在阿拉伯油田中鋪設，但是才運到阿拉伯，便落入了黑龍黨的手中。

這一大批輸油管，需要極大的地方來儲藏，但是國際警察部隊和阿拉伯幾個國家的警方，用盡了方法，都不能找尋到這批失物。據估計，這一大批輸油管，可能隱藏在沙漠中，因為，輸油管被劫的地點，正是在沙漠的附近。

雖然這一大批輸油管的體積龐大，但是比起大沙漠來，卻又小得難以尋找了。

資料又指出，這個組織十分嚴密，健全！而且，這個組織的胃口十分大。

因為承保這批輸油管安全的兩家保險公司，願意出一百萬美金的賞格，來給任何能夠提供這批輸油管的個人或團體，但至今為止，卻仍沒有結果。

這證明這個組織之中，沒有人為了一百萬美金而成為叛徒。也表明這個組織的首腦，根本未將一百萬美金放在眼中。

他們劫走了那批輸油管，究竟有什麼用途呢？資料上說：目的未明。

關於黑龍黨的資料，就是這些了。

高翔闔上了文件夾，說道：「未明，未明，太多的未明，我們對黑龍黨實在知道得太少了！照資料上看來，他們活動的地方，似乎只限於中東一帶，為什麼忽然到我們這裡來了呢？」

「這一點，我還不知道，但是我知道黑龍黨選定了本地，作為他們和薩都拉先生會面的地點。」

「薩都拉是要人，和黑龍黨有什麼會面的必要呢？」

方局長搖了搖頭。「這一點，我也想不通，要等薩都拉自己來解釋了。偏偏他急於降落，而身受重傷，直到如今還昏迷不醒！」

高翔深深地吸了一口氣，道：「照這情形看來，事情極不簡單。」

「是的，」方局長說：「薩都拉在啟程前，曾通過國際警方和我通過一個長途電話，他的語氣非常焦急，說他有要事，要和黑龍黨方面的人物會面，他並沒有說要我幫忙，只是要我對他的行蹤保持極度的秘密，看來，這是黑龍黨方面提出的條件。」

「那樣說來，這個阿拉伯國家的要人，是有什麼把柄被黑龍黨抓住了？」

「我也這樣想。」方局長在沉思了片刻之後，這樣回答。

他們一齊回頭向病房中望去，只見有幾個醫生正圍在薩都拉的旁邊，方局長和高翔連忙回到病房中。

「他已經醒了，」一個醫生轉過頭來，「但是仍十分衰弱，不宜多說話。」

方局長點了點頭，「請你們都退出去。」

醫生們絡續地退出了病房，床上的薩都拉困難地轉著頭，向方局長和高翔兩人望來。

「兩位是——」他的聲音很微弱。

「我姓方，這裡的局長，這位是我的助手高翔。」

「我有什麼法子確知你們是呢？方局長，你有國際警方的特別證件麼？」

國際警方的特別證件，是一種十分機密的證件，不但要在所在國中任職很高，而且還要是對國際警方有過卓越貢獻的，才能夠獲得這種證件，這種證件上，有著參加國際警察部隊的國家首長的簽名，那是一種最特殊身分的證明。

「我有。」方局長點了點頭。

高翔轉過頭去。這種證件是一個極度的秘密，除了持有者之外，誰也不知道它的式樣和形狀顏色，高翔自然知道識趣，不會笨到方局長叫他轉身時才轉身的。

只過了幾秒鐘，便聽到薩都拉以十分急速的語調道：「方，如今我必須得到你的協助了。」

「不論是什麼樣的幫助，只要你提出來，我和我的助手都可以傾力相助。」

方局長答覆得十分爽快。

「每個人都有一個弱點，而黑龍黨卻懂得把握弱點，」薩都拉嘆了一口氣，「我的弱點便是我的小女兒。」

高翔已轉過身來，他不明白地問：「你的女兒，先生？」

薩都拉由於全身紮著繃帶，沒有法子點頭，他只是道：「是，我的妻子早死，我的女兒是我的第二生命，黑龍黨擄走了她。」

高翔立即問：「她在本地麼？」

薩都拉道：「我相信是，因為黑龍黨方面說，如若我不準時與他們會面，他們便將她殺死，讓我見到她的屍體，我們預定見面的日子，是在今天正午！」

「你受傷了，他們大概會延期吧。」

「唉，你錯了，黑龍黨的首腦若是決定了一件事，是從來也不會更改的。」

「我代你去和黑龍黨接頭，要他們改期，」高翔義憤填膺，「請你把他們接頭的地點、暗號告訴我。」

「我沒有辦法告訴你。」

「難道你不信任我麼？」高翔憤然道。

「不，而是我和他們之間根本沒有約定地點和暗號，他們只是說，只要我到了這裡，不論我的行蹤如何秘密，他們都可以知道的。」

黑龍黨沒有誇口，他們確實已知道薩都拉的所在。要不然，「金星」和「土星」就不會派人送那束蘭花來了！

「那麼，他們可能在今日中午，到這裡來和你會面的。」

「但願如此，我女兒的性命就可以暫時保全了。」

「薩都拉先生，你知不知道黑龍黨方面要和你會面的目的是什麼？」方局長問。

「我不知道。」

「如果他們是要脅你做一件事？」

薩都拉閉上了眼睛，道：「我不知道，你別假設任何問題。」

「薩都拉先生，我認為黑龍黨太猖狂了，他們在中東活動，我管不著，但他們在本地生事，我卻不能袖手旁觀。」

薩都拉苦笑道：「你準備如何著手呢？你一點線索也找不到！」

「他們不是會派人來和你見面麼？」

「不，我的女兒在他們的手中。」

「你放心，我已有了一個絕對可靠的方法，可以將他們派來的人制服。」

「什麼方法？」

「由我的助手假扮成你，薩都拉先生！」

方局長的辦法，連高翔也吃了一驚。

「由我來假扮他，我和他相似麼？」

「不需要相似，只需要紮上繃帶就行了。我們捉住了前來和你會面的人，他極可能是『金星』或『土星』，只要循著這條線索追下去，一定可以將你的女兒找回來，而且給黑龍黨以沉重的打擊！」

薩都拉仍不出聲。

「這是萬無一失的，」方局長繼續進行說服工作，「誰會料到一個紮滿了繃帶的傷者會突然發難呢？你說是不是？」

薩都拉終於開了口，說：「我同意你的辦法是一個好的辦法，我的女兒……唉，讓真神阿拉去護佑她吧。」

「我將命令警方人員佈置這件事，以防秘密洩漏，現在是九時正，我相信不到十時，我們便可以將一切都佈置妥當了。」

薩都拉又閉上了眼睛，疲倦地道：「好。」

他只說了一個字，便不再開口。高翔還想表示異議，但是方局長斷然揮手之際，便表示他的決定是不可以改變的了！

3 調包

十時十六分，高翔的全身上下都被紮上了繃帶，躺在病床上。他的身材和薩都拉相若，既然連頭臉上都是繃帶，自然分不出誰是誰非。

「我看來像是一具木乃伊。」高翔自嘲地說。

「如果你不夠機警的話，那麼的確可以成為一具木乃伊！你要見機行事，如果黑龍黨方面來的是兩個人，你不妨打死一個，制服一個！」

「他們將用什麼方法進來呢？」

「到目前為止，我還不知道，或許他們會派人來通知薩都拉說改期會面也說不定的，你好好躺著，我再去佈置一切。」

「你如何佈置？」高翔對於他目前的處境感到十分不妙，因為他全身都被繃帶紮裹著，那是他從來也未曾經驗過的事。

更令得他心中感到惴惴不安的是，他所要對付的對手是如此凶惡的黨徒，所以他非要對方局長佈置的一切全知道得十分清楚，才能隨機應變。

「我的佈置自然再妥善也沒有了。」方局長在他的病床坐了下來，「沒有人可以不在我的監視下進入這家醫院，也沒有人可以悄然出去而不被人知道。」

「如果他們要行凶呢？」

「那你更可以放心，在露臺中，有兩個幹練的探員埋伏著。」

高翔吃力地轉動頭部，他只能轉過小半吋去，斜著眼，向露臺那面看了一眼，露臺是對著一座山崖的，山崖有一條正在建築中的公路，許多機器正在發出軋軋的吵聲。高翔記得，醫管局曾對在醫院附近建築這條公路提出過抗議，理由是病人會受到機器聲的吵擾而不得安寧。

「唉，」高翔嘆了一口氣，「但願你的計劃靈驗，可以救出薩都拉的小女兒。」

「當然可以的。」方局長十分自信，他退了出去。

高翔放正了他的頭，他恰好對著一隻電鐘，時間是十一時十五分。

「那兩個探員想必早已埋伏在露臺上了吧。」高翔無聊地想著。

他又吃力地斜過眼去，看看露臺，在他目力可及的地方沒有看到有人埋伏，他只看到在對面山崖上，一架長形起重機正在吊著一大包器材，慢慢地上升。

「原來工地離醫院的露臺如此之近，難怪吵聲聽來是如此驚人了。」高翔心中想著，只盼望時間快些過去。

過了好一會，他才轉過頭去，看了看鐘，他以為一定過了十二點了，卻不料只過了五分鐘，是十一時二十分。

時間過得太慢，黑龍黨的人說十二點之前便來和薩都拉會面，會不會是他的狡計呢？如果是的話，自己這時的緊張，豈不是中了他們的計謀？

但如果不是狡計的話，那如今已接近十二點了，他們隨時可以來了。

高翔胡思亂想打發著時間，電鐘的分針移動得特別慢，好幾次，高翔還以為鐘停了。

一直等到十一時五十分，高翔正想大聲叫方局長進來時，突然聽得露臺上傳來了「砰」地一聲響。高翔連吃力地轉過頭去看，只見一個便裝探員身子仆倒在地，另一個探員吃驚地站了起來。

看他的樣子，像是要向病房中奔來，但是他的身子才一站起，突然向前一跌，直跌進了病房中來，那探員的一隻手搭在高翔的床邊，垂著頭，分明已經死了。

高翔大驚，連忙定睛仔細看去，在那探員的後頸中，刺著一枚直徑約有兩公厘的鋼針，約有三吋長的針尾露在外面。那鋼針倒像是南美洲土人用吹筒中所發射出來的武器。

兩個探員都已死了，當然是黑龍黨下的手，黑龍黨的人已經來了，但並不是如方局長所料的那樣，化裝成醫院中人混進醫院來，而是硬攻進來的。

高翔積多年冒險生活之經驗，立即知道事情對自己已極度的不利了，他想要坐起來，但是卻不能夠。

他想大叫，但忽然之間，他發覺機器聲更加刺耳，機器聲甚至將他的叫聲也蓋了過去。高翔勉強轉過頭去，只是在對面山崖工作的那架長臂起重機，鋼鐵鑄成的長臂正迅速地向醫院的露臺處伸了過來。

在長臂的盡頭處，有一隻斗狀的物事，裡面藏著兩個人。

起重機長臂一節一節地伸長著，迅速地便將斗狀物伸到了露臺上，兩個人疾跳了下來，向病房中衝了進來。

高翔還未想出抵抗的法子來，那兩個人已經一個搬頭，一個搬腳，將高翔向露臺中搬去，那兩個人的動作快到了極點，前後不到半分鐘，他們已回到了斗上，而長臂起重機的長臂也迅速地縮了回去。

高翔被放在那斗狀物中，看不到下面的情形，但是他卻聽到下面有人高聲在叫喚，接著，「砰砰」的槍聲驚心動魄地響了起來。

高翔閉上了眼睛。他本來是個絕不信上帝的人，但這時，他心中也不禁暗暗地說：「上帝啊，不要使我真的成為一個木乃伊！」

他心中一面苦笑著，因為他落在黑龍黨人的手中一事，幾乎已成定局了。

黑龍黨人所利用的起重機的長臂，是懸空縮回那山崖上去的，而方局長要追趕的話，繞路前去，最快也要十分鐘的時間。十分鐘對一個普通人來說，或許不算什麼，但是對一個窮凶極惡的犯罪集團來說，不知可以做多少事情了。

高翔彷彿聽到方局長在高呼：「別開槍！別開槍！」

高翔已經聽不到方局長其他的話了，因為起重機的長臂已經縮了回去，而且垂了下來，高翔立即被人搬了下來。一輛奶白色的「騰達牌」旅行房車正在崎嶇不平的路面上，在車旁甚至有一副擔架。

高翔被放在擔架上，被送進了那輛旅行房車，車子立刻向前急馳而出。

那時，方局長已經領著幾個幹探趕出了醫院，他們幾乎是目擊高翔被人從起重機的斗狀物中搬下來，推進了車中的。

在方局長旁邊的一個探員，持著望遠鏡，將情形看得更清楚。

「高主任閉著眼睛，在聽天由命……」他說。

「混帳，你怎麼知道他是在聽天由命？」方局長斥責著。

「高翔已經被塞進了一輛車子中——」那探員繼續說。

方局長一伸手，從那探員的手中搶過望遠鏡來，道：「準備無線電傳令設備！」

立即便有兩個人向醫院的方向飛奔而出，才兩分鐘，這兩個人又提著一隻黑色的箱子奔了回來，拉出了天線，將話筒交給方局長。

「全市巡邏車注意！全市巡邏車注意！」方局長叫了兩聲，他發覺自己的聲音也變得乾澀了！

如果就這樣聽憑黑龍黨人將高翔劫走，那麼本市警方的威望將要掃地了。

但方局長卻十分有信心，因為附近的巡邏車十分多，而他在望遠鏡中，又清晰地可以看到那輛車子的車牌，外形和顏色。

他估計，若是沒有什麼意外的話，十分鐘之內，便可以將這輛車子截住了。

他繼續下著命令：「攔截一輛奶白色的騰達牌旅行房車，車牌1801６號，由建築中的爛頭山地盤向東馳去，務必要將之攔住，但不可開槍，成功的巡邏車，車上人員可獲得特別嘉許。」

方局長又將命令重複了一遍，他甚至可以聽到遠處響起了巡邏車的警號聲。

而那時，那輛乳白色的騰達牌房車，已經馳出了方局長的視線。

他絕想不到，就在那輛車子一轉過山角之後，一輛奶白色的，車牌號碼是1801６號的旅行房車，已經在世界上消失了。

那輛旅行房車的鐵殼之內，藏著傳熱的電線，而在車身的乳白色噴漆，則是特殊配料的一種——經過了加熱便會變色！

當車子轉過山角時，那個面目可憎的司機按動了一個掣，藏在車身下的電線在通電後開始發熱，只不過一分鐘，車門兩側和車頂的油漆，已經成了一種極其鮮豔奪目的紫色。

那司機向外略望了一下，對於車子顏色的改變表示滿意，他又按動了另一個掣。那個掣接連著一個十分簡單的裝置，使得車前車後的兩塊車牌突然倒轉。18016倒了過來，便是91081了。

於是，方局長命令中的乳白色、車牌18016號的騰達牌房車消失不見了，代之而生的是一輛紫白兩色，鮮艷奪目的騰達牌旅行房車，車牌則是「91081」號！

一輛一輛的巡邏車在那輛車子的旁邊衝過，卻沒有一輛停下來。

方局長在等待著截住那輛車子的報告。可是從每一輛巡邏車上來的報告，都說沒有見到那樣一輛車子。

時間已經過去二十分鐘了！中午烈日曬得方局長滿頭大汗，但方局長滿頭大汗或者不光是因為太熱。

一小時過去了！方局長頹然在地上坐了下來。

黑龍黨成功了！他們竟在如此嚴密的監視下劫走了高翔。

當黑龍黨發現他們劫走的人，並不是阿拉伯要人薩都拉，而是一個警方人員時，高翔的命運將會怎麼樣呢？薩都拉的小女兒的命運，又將如何呢？

方局長摸著微禿的頭頂，一點主意也沒有。

在他的一生之中，固然也有過不少次的失敗，但是卻沒有一次是這樣慘的！

探員圍在方局長的周圍，在等候著方局長的命令，但是方局長卻久久出不了聲！

下午三時，在近郊的一所精緻的小洋房前，一輛黑色的汽車停了下來。車子還未曾停定，一個人已經打開車門，跨出車廂來，那是方局長。

方局長面上焦急的神色，和那幢小洋房寧靜幽雅的氣氛，顯得十分不相稱。

方局長按門鈴。從屋中跳蹦著，走出一個少女來。

那少女在門口，便看到了站在鐵門外的是什麼人了。

她「哈」地一聲，道：「方局長，是什麼風把你吹到這裡來的。」

「穆小姐在家麼？」方局長喘著氣問。

「我不是穆小姐麼？你可是找我？」那少女是穆秀珍，她頑皮地回答。

「唉，不要開玩笑了。」方局長嘆著氣。

「秀珍，」從屋子的門口傳來了木蘭花的聲音：「不要和方局長開玩笑，看來方局長正滿腹心事呢！快請他進來。」

穆秀珍吐了吐舌頭，打開了鐵門。

方局長不等穆秀珍帶路，便三步併成兩步，衝進了客廳。

木蘭花從沙發上站了起來。

方局長直衝到她的面前，道：「穆小姐，這件事非要你幫忙不可了！」

木蘭花搖了搖頭。「不，警方的事我如果要幫忙的話，還幫得完嗎？你還是另請高明吧。」

方局長急得汗珠又滾滾而下。

「穆小姐，你可還記得高翔這個人？」

木蘭花呆了一呆。她當然記得高翔，這個高大，英俊，有些自命不凡，但的確也有點不平凡的年輕人。

「他怎麼了？」好一會，木蘭花才這樣說。

「他被黑龍黨徒擄去了。」

「黑龍黨？在本市未曾聽說過這樣的一個歹徒組織啊？」

「黑龍黨是一個窮凶極惡的國際犯罪集團，並不是本市的。」

「那他們為什麼擄劫高翔呢？」

「唉，說來話長了。」

「反正沒有事，方局長，你請坐，我們慢慢地說，也不為遲。」

方局長坐了下來，接過了穆秀珍斟給他的一杯白蘭地，一口飲盡。

他的面色已不像剛才那樣惶急了，因為木蘭花雖然還未曾肯定地答應幫助他，但卻也不是一口拒絕了。方局長深信如果得到木蘭花的幫助，那麼黑龍黨的黨徒雖然厲害，自己這方面也定然不致遭到慘敗了。

他望著眼前這位美麗的姑娘，心中充滿了敬佩之意。

他將事情的來龍去脈，和醫院中所發生的事，詳細地說了一遍。木蘭花以手托腮，靜靜地聽著，穆秀珍好幾次想插口，都被木蘭花作手勢阻住。

「後來，那輛車子始終未曾被發現。」方局長講完，苦笑了一下。

「我還有幾點不明白。」木蘭花緊蹙雙眉。

「穆小姐，你只管問，只要我知道，我一定解釋給你聽。」方局長心中又多了幾分希望，因為木蘭花肯進一步地要了解事實真相，那就說明她對於這件事已是肯接手了。

「那架長臂起重機，」木蘭花說：「普通的長臂起重機，長臂只不過十五六呎左右，不可能從山崖中直伸過來的啊！」

「那就是黑龍黨人神通廣大的地方。」

「怎見得他們神通廣大？」穆秀珍有些不服。

「你想，薩都拉到本市只不過一天，他住在醫院中，黑龍黨人定下了擄劫他的方法，他們只有一夜零半天的時間，但是他們卻將一架長臂起重機加以改裝，使起重機的鐵臂可以伸縮，那架起重機還留在山崖上，本來在進行工程的那架，則被推下山坑，司機也被謀殺了。它的鐵臂，可以伸長到六十呎！」

「方局長，」木蘭花的面色十分凝重，「我看這事情絕不單純，要在一夜之間改裝這樣的一架起重機，就算有二十個熟練的工人，也還要一座設備齊全，規模巨大的工廠才成。」

「我同意你的看法，穆小姐。」方局長回答。

「那也就是說，黑龍黨不但將他們首腦集團中的三號人物『金星』和七號人物『土星』安排在本市，而且本市已經成為他們隱伏的一個大據點了，要不然，他們怎有能力在一夜之間改裝那架長臂起重機？」

方局長額上的汗珠又多了起來，他站了起來，在客廳中來回地踱著。

「你現在作了些什麼措施？」木蘭花反問他。

方局長苦笑了一下，道：「穆小姐，我一點頭緒也沒有。」

「薩都拉先生呢？他怎麼樣？」

「我還沒有將這個不幸的消息告訴他。」

「告訴他吧，」木蘭花道：「據我所知，他是一個十分堅強的人，經受得起打擊的。」

「可是……」方局長遲疑著，「因為我計劃的慘敗，他的小女兒……」

「你可以告訴他，」木蘭花不等方局長講完，便打斷了他的話頭，「有人願意保證他的小女兒的安全。」

「那麼，穆小姐，你是答應我的請求了？」方局長大喜過望。

「不，」木蘭花卻搖著頭，「我只是願意幫忙一個在焦急中的父親，和救出一個落在匪徒手中的小姑娘。否則，你手下有近千名幹員，為什麼還要來麻煩我呢？」

方局長失神地望著木蘭花。好一會才說道：「那麼你也不願幫忙高翔了？」

「方局長，高翔已經成為你的部下，你還不了解他麼？我相信他一定會脫險歸來的，而且可以替你帶來十分寶貴的資料。」

「上帝保佑，」方局長喃喃地說道：「但願如此。」

木蘭花也站了起來，方局長嘆了一口氣，慢慢地走了出去，當他一出鐵門之際，他陡地精神了起來，鑽進了車子，以無線電話通知屬下：派三個人在木蘭花的住宅旁邊，監視她們兩姐妹的任何行動，跟蹤她們，絕不要讓她們擺脫，也不要採取任何行動！

當車子馳去的時候，他又回頭向那幢精緻的小洋房望了一眼，臉上開朗了許多。他心中正在盤算著：木蘭花已答應營救薩都拉的女兒，而薩都拉的女兒是在黑龍黨人的手中。木蘭花要救人，就必需和黑龍黨接觸，自己派人跟蹤木蘭花姐妹，就可以得到黑龍黨的消息了！

他以拇指和中指相撞，發出了「得」地一聲，心中十分得意，因為這就像數學上A等於B，B等於C，A便一定等於C一樣簡單。

木蘭花和穆秀珍兩人站在門口，望著方局長的車子馳去，才退了回來。穆秀珍的臉上充滿了興奮的神色，說道：「蘭花姐，我們還不去救人麼？」

「好啊，」木蘭花面帶微笑，望著她的堂妹，「我們上哪兒去救人啊？」

「上哪兒——」穆秀珍尷尬地笑了笑，「蘭花姐，你一定知道的。」

「我怎麼知道呢？我連這件事也是剛聽方局長說起，一步門口也未曾出過，怎麼會知道要救的人是在什麼地方呢？」

「啊呀！」穆秀珍敲著額角，「那我們不是救不到那小姑娘了麼？」

木蘭花忍不住笑了起來，她安慰她道：「我們慢慢地想辦法，你別失望。」她來回踱了幾步。穆秀珍跟在她的後面，也裝著在竭力思索之狀，其實她卻什麼也想不出，只不過是在等著木蘭花開口而已。

木蘭花踱了五分鐘之久，才停了下來，道：「秀珍！」

「在！」穆秀珍立正敬禮，挺起了胸，道：「可是立刻和黑龍黨徒交手？」

「不是，你替我打幾個電話。」木蘭花的回答大大地出乎穆秀珍的意料。

「打電話給誰啊？」她無可奈何地問。

「打給所有的航空公司，詢問他們，近半個月之內的旅客中，所有七歲至十歲少女所報的名字和國籍，你將之詳細記下來。」

「那麼，你做什麼呢，蘭花姐。」穆秀珍苦著臉問。

「我要做的事，暫時還不能洩露機密。」她轉身向樓上的工作室走去。

木蘭花在工作室中，取了一隻倍數極大的放大鏡，也就在這時候，她看到一輛汽車（雖然車身上沒有任何標誌，但是她看到了車中的無線電通話設備，只有警方的車子才會有這樣的設備），在街角處停了下來，從車上下來了四個人。

那四個人看來和這輛汽車十分不配。他們是：一個老農民，體態龍鍾，下車之後，慢慢地走到木蘭花所住的洋房下停了下來，放下手中的包袱，看來像是走累了正在歇腳。

一個是中年人，他一下車，立即從汽車的行李廂中，取出了一輛自行車來。那輛自行車是可以摺疊的，他將之打開來，騎了上去，木蘭花順著他所去的方向看去，只見到洋房的後門，他停了下來，拿出打氣筒，裝出正在打氣的樣子。

還有一雙是年輕男女，戴著草帽，看來像是郊外旅行的，他們手挽著手，向正門走去。那輛汽車立即開走了。

木蘭花略一轉念，便已明白了那四個人的用意，那是方局長派來的，方局長是要在她的身上得到黑龍黨的線索！

木蘭花向著窗外微微一笑，她以另一具電話，和兩個朋友通了話。

不到十分鐘，在正門前徘徊的一男一女，向方局長發出了報告：「木蘭花和穆秀珍還在家中，有兩個修理電視的技工進了她們的家。」

「繼續監視。」方局長下令。

半小時後，那一男一女又發出報告：「她們兩人還沒有動，但是那兩個技工卻已經離開了。」

「注意她們兩人的動靜，不要注意什麼修理電視的工人！」方局長的心中顯然不怎麼舒服。

那一男一女——方局長的屬下——連忙道：「是。」

那兩個看來是修理電視的技工，跨上摩托車，不一會就馳遠了。

來的時候是兩個人，去的時候也是兩個人，當然不會引人起疑，那奉命監視的一男一女未曾想到兩個人中有一個在屋中已掉了包，換成了木蘭花，木蘭花已遠去了！

摩托車駛近市區，木蘭花從車後跨了下來，拍了拍前面一人的肩頭，道：「多謝你幫忙！」

「小事一件！」那人爽快地一揮手，自顧自地去了。

木蘭花看來仍然像是一個工人，面上甚至還有幾塊油污，她向市立第三醫院進發，換了兩輛巴士，來到醫院的後面。

她向那片山崖望去，有一輛警車停著，幾個警員正在來回踱步。

那一輛起重機還在，築路的工程暫時停頓了下來。

木蘭花繞著路，向山崖上走去。

她還未曾走到那新築的路上，便有警員攔住了她。

「那裡去？」

「工程部派我來將這架起重機弄走的。」

那警員上下打量了木蘭花幾眼，側身答道：「去吧。」木蘭花心中暗笑，大模大樣地向前走去，到了起重機旁，她還向那幾個警員打了一個招呼。

木蘭花沿著起重機的結構架向上爬去。這架起重機是德國貨，除了長臂部分之外，其餘的部分都未曾動過。木蘭花如今要去察看的，就是被人動過，改裝過的部分。

對木蘭花這種各方面知識都極其豐富的人看來，「無頭案」這三個字是絕不會存在的，任何案子都有線索可以追尋。譬如說這架長臂起重機，在方局長等人來說，只知道曾經經過改裝而已，除此之外，是沒有線索可以追尋研究的了。

但是在木蘭花看來，卻不同。

機器經過改裝，一定要動用各種工作母機，而一夜之間，倉猝的工作是不可能十分仔細的，在放大鏡的檢視下，木蘭花可以在鋼鐵的鋸痕，鑿痕上看出被使用來改裝起重機的是什麼機械，哪一國出品，出品編號多少。

這裡並不是一個重工業城市，工作母機的進口數量很少，循此追查，便可以發現改裝這家起重機工廠的地址，而木蘭花認為那家工廠是黑龍黨黨徒所擁有的，那麼，事情便更可以明朗化了。

木蘭花爬上了起重機的支架，在經過改裝的地方，仔細地察看著。

只不過二十分鐘，她便已得到如下結論：用來切割的是一種最新的高速旋轉車床，工作者為了求工作的快捷，用的是大號切削刀，所以工作極其粗糙，鉚釘的數量被減至最少，銲接的地方也少得可憐，換句話說，經過改裝後的這輛起重機，只能使用一次或兩次而已。

這更證明木蘭花的看法不錯，因為沒有一家工廠肯接受這樣一件任務的——除非是黑龍黨自己的工廠。

木蘭花得到了滿意的結果，便又爬了下來。

「好熱啊！」她對附近的警員說。

「好熱啊！」警員大有同感，誰也沒有懷疑這個工人真正的身分。

木蘭花泰然自若地離了開去，她在一家餐室的洗手間中換上便裝，抖開了秀髮，任由長髮披在肩上，使她看來更具有青春氣息。

然後，她回家去。

當她到達家門口的時候，那一雙喬裝情侶的男女探員張大了眼睛，望著木蘭花，一句話也說不上來。

木蘭花向他們招了招手。那兩人機械地點著頭。

「兩位辛苦了，可要進來坐坐麼？」

「不！不！」他們十分惶恐地回答。

木蘭花一笑，走進了屋，穆秀珍迎了上來，笑得直不起腰來。

「這四個傻瓜，看他們怎樣向方局長報告！」

「秀珍，你別笑，我叫你做的事情，做好了沒有？」

「做好了。我不但問了航空公司，而且還問了輪船公司。」

「你還笑人家是傻瓜哩！」木蘭花搖著頭，感嘆著說。

「怎麼？我做得不對麼？」

「當然，從阿拉伯到本市，輪船要走大半個月，而所有的事情，都不過是在最近幾天發生的，你去問輪船公司有什麼用？」

「啊呀！」穆秀珍剛才的一團高興，不知道飛到了什麼地方去了，「三間輪船公司，一個有七十四名這樣年齡的小女孩，記名字也記得我手發酸了，原來竟是一點用處也沒有。」

「航空公司方面的結果怎麼樣？」

「沒有什麼結果，有一個這樣年齡的小女孩，但卻是一個黑人。」

「噢，」木蘭花站起身來，「是一個黑人？是什麼樣人帶她來的，報的名字是什麼？是從何處飛來的？」

「是從東京來的，那黑人小女孩是由一雙日籍夫婦帶來的，名字是阿伊娃，日籍夫婦則是藤康先生夫人。」

木蘭花用心地聽著，這些名字，目前對她一點用處也沒有。可能永遠沒有用處，但是也有可能將來會派到大用場。雖然她要營救的是一個阿拉伯女孩，而不是一個非洲女孩，但是要將一個阿拉伯女孩化裝成為一個非洲女孩，那實在是太容易的事了，所以木蘭花才注意這件事。

「你去設法調查一下，」木蘭花想了一會，抬起頭來，「弄清楚為什麼一個黑種人孩子會由一對日籍夫婦照顧著來到本地，再設法去弄清楚他們的去向。」

「他們下了飛機，又不會留下地址，人海茫茫，我上哪兒去找他們？」

「秀珍，如果有地址的話，我這就去了，還用你去調查麼？你時時說想做一個女偵探，何不趁此機會一試身手？」

「對，你說得是！」穆秀珍立即高興起來，「蘭花姐，你做什麼？」

「那麼，」木蘭花指指電話，「我要打電話給機器進口業商會。」

「怎麼，你想開工廠？」

「也許是，」木蘭花微笑著，「如果我開了工廠，一定請你當女經理。」

4 聰明主意

穆秀珍上樓去了，木蘭花向窗外看去，在她屋子四周佈置的探員已經不見了，那自然是方局長想到監視木蘭花是沒有用處之故。

木蘭花拿起電話筒，撥了號碼。

「喂，是機器進口業商會嗎？」

「是的，有什麼事？」

「我是……」木蘭花隨便揑造了一個工廠的名字，「昌業機器廠，我想問一問，德國出品，S二〇二型的高速切削機，有沒有現貨？」

「沒有現貨，訂購也要半年才能來到。」

「啊呀，我們有一批貨，必需用這種切削機，請問，本市哪幾家工廠有這種機器？」

那面沉默了片刻，才道：「不多，總共只有三套，一套是華大工廠，一套是在協記工廠，另外一套……」

「另外一套在哪裡？」

那兩間工廠全是著名的大廠家，當然不可能是黑龍黨人改裝那架起重機的所在，所以木蘭花焦切地要知道第三套S二〇二型的高速切削機究竟是在什麼地方。

「第三套運來本市已有很久了，是一家籌備中的大工廠訂購的。」

「你是說，那套機器並不是在使用中？」

「是的，它目前存在倉庫中。」

「是什麼倉庫，你可能告訴我麼？」

或者是由於木蘭花嬌柔動聽的聲音，使得對方聽來感到舒服的緣故吧，所以對方竟答應了這個有一些過分的要求。

「好，請你等一等，我查一查。」

「好的，多謝你。」

約莫等了五分鐘，那面又有聲音了。「是海達倉庫，在海達街。」

「謝謝你，非常謝謝你！」木蘭花放好了電話，已看到穆秀珍從上面走了下來，她連走路也裝出一副神秘的樣子來，木蘭花看了，暗暗好笑。

「蘭花姐，」穆秀珍來到木蘭花的面前，十分嚴肅地說：「如果晚上九點不見我回來，我可能落在歹徒手中了，請來救我。」

「知道了，我一定去救你。」

穆秀珍向前走去，在門口略停了一停，向門外傾聽了一下，才將門打了開來。

在穆秀珍離開之後，木蘭花也立即準備起來，她換上一套唐裝衫褲，提了一隻手抽，看來像是一個工廠的女工。海達街是工廠區，像她那樣的女工打扮，是最不惹人注目的。

當然，人家是不會知道她那隻手抽之中，有著一套十分精美，幾乎可以弄開各種鎖的工具，還有一件她自己設計的武器——一柄可以射出只能傷人而不能殺人的子彈的袖珍槍。

木蘭花眼力十分好，她可以在二十呎內，準確地射中人的骨節，令得對方因為疼痛而屈服。

除了這柄袖珍槍之外，還有一具小型的紅外線觀察器，那具像八厘米活動電影機也似的紅外線觀察器，不但是巡夜警察的恩物，而且也是木蘭花這一類特殊人物的好工具。因為有了這具紅外線觀察器，便可以在黑暗中視物，而不會暴露自己——這比起使用電筒來，不知進步多少倍了。

木蘭花裝束停當，便由後門離開了家，在經過廚房的時候，她在一塊黑板上留了幾個字：「珍，我可能很晚才回來，不必等我。」

四十分鐘之後，擠巴士擠得一身汗，木蘭花才到了海達街。

那時正是傍晚時分，放工的時候，男女工人從工廠中湧出來，在街上匆匆忙忙地走著，希望可以快一點趕回家去。

木蘭花看看已經昏暗下來的天色，心中不由自主地想起：高翔落在黑龍黨徒的手中，已經有十個小時以上了，黑龍黨徒的神通既然如此廣大，那麼，高翔是不是還在人間？還是已遭到了毒手？

木蘭花茫然地在人海中向前走著，不一會，她便看到了海達倉庫。

海達倉庫的規模並不大，牆很高，窗很小，門緊緊地關著，一隻大鐵鎖掛在鐵門上，鎖住了一扇小門。在門口，有一個粥檔，正圍了一大群人。

木蘭花要了一碗艇仔粥，蹲在地上，慢慢地吃著，一面仔細打量這個倉庫。

倉庫的窗子，裝著鐵枝，離地約有十八呎左右，鐵絲玻璃上滿是塵埃，從窗中進去是不可能的，倒是那隻大鐵鎖，大約只要兩分鐘，閉著眼睛都可以將它打開來的。

一碗粥吃完，木蘭花已經有了主意。她站了起來，擠進了人群，直到背貼著那具大鐵鎖。這時，從工廠湧出來的人越來越多，粥檔的生意也旺得可以。

木蘭花將雙手伸在背後，用開鎖的工具撥弄著那隻大鐵鎖。

不到三分鐘，她聽到「卡」地一聲，鎖已經給她弄開了，她慢慢地將鎖取下來，伸手推了一推，已將大門上的小門推了開來。

那扇小門沒有一個人高，必須彎著腰才能進去。木蘭花慢慢地屈起身子，以背部將那扇門頂了開來，等到門開到一半時，木蘭花看到沒有人注意自己，她迅速地縮進了那扇小門，並立即將之關上！

她先俯身在門上，向外聽著。

人人都在爭著買粥，並沒有人注意到木蘭花已經進了那扇小門。

然後，木蘭花才轉過身來。

在外面只不過是黃昏，但是在倉庫裡面，卻已經是黑夜了。

木蘭花在一轉過身來的時候，什麼都看不到，她取出了紅外線觀察器，湊在眼前現出了一片暗紅色，她看到那倉庫的內部比她想像中的要小，零零落落，堆著一些木箱、木桶，並看不到一套大型的機器。

木蘭花知道S二〇二型的高速切削機是十分貴重的機器，和這樣一個黑暗，不為人注意，竟連一個管理人也沒有的倉庫，實在太不配了。

木蘭花呆立了半刻，除了門外傳來的人聲之外，她簡直聽不到其他的聲音。

她搬了一隻十分沉重的圓桶，擋住了那扇小門，然後，以極其輕巧的步法，在倉庫之中巡了一遍，沒有人，也沒有值得注意的物事。

木蘭花轉向一扇門走去，在那扇門上，還漆著三個字：辦公室。

木蘭花轉了一轉門柄，門並沒有鎖，她慢慢地將門推開，裡面一片黑暗，木蘭花向前跨出了一步。

木蘭花剛跨出一步，「砰」地一聲響，門突然關上了。而在同時，電燈「啪」地著了，由於在黑暗之中久了，陡然之間見到光亮，木蘭花什麼也看不見。

她只聽到一個十分陰沉的聲音：「小姐，你是到這裡來上工的麼？」

木蘭花向後退出了一步，她的身後也傳來一個粗魯的聲音：「別動！」

隨著那「別動」兩個字，木蘭花感到有一件硬而冷的物事頂住了她的背部。那當然不會是小孩子玩的玩具槍。

她鎮定地笑了一笑，說：「我闖進什麼地方來了？」

這時，她已經看到那是一間佈置得十分華麗的房間。牆上全是隔音板，皮沙發，冷氣機，在一張高背沙發上，坐著一個男子，那男子左眼上貼著一塊紗布，使他的面目更加陰森，他右眼中射出的眼光，使人想起一隻饑餓的貓兒。

他望著木蘭花，發著陰森森的微笑。

「小姐，等一會你就會知道，你是在什麼地方了。」

木蘭花伸手入手抽。

那人立即喝道：「小姐，最好不要動，你自己看！」那人拿起一面鏡子，木蘭花向鏡子中看了一眼，她那已將伸進手抽去的手就縮了回來。

在鏡子中，她看到在她身後有兩個大漢，每一個大漢的手中。皆有一柄連發自動手槍，兩大漢的手指則放在槍機上。只要任何一個大漢手指略略一動，她便要離開這個可愛的世界了！

木蘭花是不想離開這個世界的，她甚至不想穆秀珍在家中久等她，所以她採取了最安全的辦法：服從那男人的命令。

那男子懶洋洋地站起身來。他走到木蘭花的面前，將木蘭花的手抽奪了過去，將其中的東西全都倒在沙發上。

「嘿嘿嘿──」他發出了驚心動魄的冷笑，「走！」

他手在牆上一按，牆上便出現了一道暗門。

「走！」那男子又尖聲呼喝。

木蘭花向暗門走去，一個大漢距離她五呎，跟在她的後面。

木蘭花走進了暗門，發現前面是一條甬道。甬道中十分陰暗，她也不知那甬道通向何處，但她卻不得不向前走去，因為她的背後有一支槍指著……

載著滿紮繃帶的高翔的車子，順利地避過了警方巡邏車的耳目，向前駛著。

高翔試圖辨認道路，但是卻立即有人在他的面上覆了一塊黑布。高翔只覺得車子不斷地轉彎，似乎永不想停下來。

他在試圖辨認路途失敗之後，便開始在心中計算著時間。

半小時——這是他心中所計算到的時間，車便停了下來，但是他面上的黑布卻仍然未被揭去，他只覺出自己被人抬著，像是走上了十來級石級。

上了石級之後，他被繼續抬著向前走，大約走出了七八碼，他被放在一張床上，蒙在他臉上的黑布也被人揭走了。

高翔睜開眼來，只見那是一間十分舒服的房間：陽光充足，佈置幽雅，床頭甚至插著一瓶胡姬蘭，像是一間一流的病房。

高翔苦笑了一下。

這時，房間中只有他一個人，但是他卻不能做甚麼，只有等著。

他只等了極短的時間，門便被推開來。在房門被緩緩推開之際，高翔的心中十分緊張，他在心中暗暗告訴自己：黑龍黨黨魁來了。

然而，推門而入的，卻是一位美麗的白衣天使——一個護士。那護士手中拿著一隻瓷盤，上面放著酒精，體溫計，就像是醫院中的護士一樣。

高翔心中七上八落，不知黑龍黨黨徒究竟是在搗什麼鬼。

那護士將體溫計插入了高翔的口中，高翔含著體溫計，那護士則看著腕錶，房中是一陣極其難堪的沉默。

等到那護士將體溫計自高翔的口中取出來時，她美麗的面上現出了驚訝的神色，自言自語地道：「體溫正常。」

「小姐，」高翔忍不住了，「這裡是什麼地方，你是什麼人？」

「我？」美麗的臉龐上，浮上了美麗的笑容，「我是你的護士。」

「你是受僱於什麼人的？」

「當然是你了，薩都拉先生，薩都拉先生！」護士說。

薩都拉先生，高翔心中苦笑著，閉上了眼睛。黑龍黨徒到如今為止，還不知道他是冒充的薩都拉，自己是不是應該趁機逃走呢？

他正在考慮是不是應該撕裂繃帶，擊倒那美麗的女護士之際，一陣沉重而響亮的腳步聲已經傳了過來，房門被「砰」地推開了。女護士連忙退開一邊，面上的笑容立即斂去，像是推門而入的乃是死神一樣。

高翔吃力地轉過頭去，只見一個面目陰森的男子，已跨進了門口。

高翔一看到那面目陰森，如同在花崗石雕出來一樣的男子，心中便「啊」地一聲，知道那是「土星」里賓度，黑龍黨中第七號人物。

「土星」在門口略站了一站，便望向護士。「他適宜於作談話麼？」

「他的體溫正常，先生。」護士的回答十分恭敬，還帶著幾分恐懼。

「土星」揮了揮手，護士連忙退了出去。

「土星」在房中來回踱了幾步，拖過了一張椅子，在床邊坐了下來。

「薩都拉先生，我們以英語交談，你不會反對吧！」他首先開口。

「我不反對。」高翔盡量使自己的聲音聽來低沉，他記得薩都拉的語音是十分低沉的。

「我們不會耽擱你很久，只要你答應一件事，那麼你和你可愛的女兒阿敏娜就可以回家去了。」

高翔心中「噢」了一聲：原來被他們挾持的小女孩叫做阿敏娜，那是一個十分美麗的阿拉伯名字。

高翔的身子掙扎著要動，口中則焦急地叫著：「阿敏娜，我的阿敏娜在哪裡！」同時，他的眼中也射出一個焦急的父親應有的目光。

「土星」里賓度陰森森地笑著。「她很好。」

「我要見她。」

「現在不能，我們是遵守信用的，只要你答應了我們，我們便將你送回醫院，和阿敏娜一起送回去。」

黑龍黨徒向薩都拉要求什麼呢？高翔的心中暗暗地思忖著。

同時，他又迅速地回憶著黑龍黨成立以來的幾項「傑作」。從那幾項「傑作」看來，那似乎只是幾項準備工作——準備大幹一番的前奏曲。如今，他們是準備大幹一場了，那究竟是準備什麼呢？

「我不明白你們要向我需索什麼，我在我的國家中有地位，但你們也應該知道，我絕不富有，黑龍黨先生！」高翔在考慮了一會之後，這樣回答。

「土星」里賓度又笑了起來。

「地位，薩都拉先生，我們正要利用你的地位！」

「我仍然不明白。」

「首先，我們要你簽署一項文件。」

「文件？」

「是的，參加我們的黑龍黨！」他一面說，一面從上衣袋中取出了一張紙來，那是印刷得十分精美的「入黨志願書」，上面有著黑龍黨徽：一條張牙舞爪的黑色巨龍。

「你們在開玩笑？」高翔閉上了眼睛。

「一點也不，你簽了這張志願書，我們對你的要求才會有切實的保障，同時對你也有好處，我們可使你不但有地位，而且富有。我要提醒你，我以前和你一樣，是負責一個國家的內部安全的，如今，我也是黑龍黨中的一員。」

高翔當然知道「土星」里賓度曾是南美洲一個國家的內政部長，因為政權被推翻，他才流亡國外的。

高翔心中暗想：里賓度要以這一點來說服薩都拉，他的說服力是不是太薄弱了些？但是，我並不是薩都拉，我又何嘗不能裝成被說服的樣子呢？

「我不需要富有，我要阿敏娜回到我的身邊來。」高翔激動地說。

「只要你簽了這張志願書，你就像是天方夜譚中的阿拉伯王子，你要什麼就可以有什麼。」

「我怎麼簽，你看我的手，全是綳帶。」

里賓度哈哈大笑起來。「我相信解開綳帶來簽一個字，市立第三醫院的大夫們，一定是不會反對的。」

高翔跟著發出無可奈何的笑聲。「我相信他們不會反對的，這要麻煩你了。」里賓度慢慢地伸手入衣袋，但是卻以極快的速度將手從袋中縮回來，就像是他的衣袋之中有著一條毒蛇一樣。當他手縮出衣袋的時候，傳來了「啪」地一聲響，然後，高翔看到了一柄鋒利之極的小刀。

高翔本身十分善於用小刀，他也收藏了不少小刀，都是絕頂鋒利的，但是高翔卻也未曾見過一柄小刀，是像里賓度手中的那柄這樣好的。

刀身狹長，刀口薄得幾乎像剃刀，整柄刀泛著深藍色——那是象徵死亡的一種極其深沉的顏色，高翔不禁脫口道：「好刀！」

「這是你們阿拉伯人所造的精品。」里賓度得意洋洋地轉動著那柄上鑲著玉石的小刀。一看他的手勢，便知道他也是一個極善於用刀的人。

他以這柄小刀，在高翔的臂彎處向下輕輕地劃了一下。刀光過處，綁在高翔手背上的繃帶便完全斷了下來，高翔的右臂已經可以動了。

高翔心中所生出的第一個衝動，便是想就此去扼里賓度的脖子。

但是他卻將這個衝動忍了下來。因為，只要他手一動的話，里賓度手中的刀子，就會毫不猶豫地插入他的心口的！

他要等待機會。他是可以有機會的，因為在這間房間中，他和里賓度是一對一，而且里賓度又當他是個受了重傷的人，對他絕無警惕性。

他動了動五隻手指，笑道：「還算靈活。」

「你手臂並沒有受傷啊！」里賓度的面上略現出一絲訝異之色。

「大概是急救醫生怕我亂動吧。」高翔忙說：「請你扶我坐起來。」

里賓度雙手托著高翔的腰際，將高翔扶著坐了起來。

他又將那張「志願書」放在高翔的身前。

「可以借你的鋼筆一用嗎？」

「可以。」里賓度取下了自己的鋼筆，還代高翔取下了筆套。

高翔接過了鋼筆，他斜眼看看里賓度，里賓度指著紙上，道：「你只要在這裡簽下——」

他並沒有能夠講完這一句話。因為在那時候，高翔手中的鋼筆向上一豎，已向他的左眼直插了過去。

里賓度發出了一聲慘叫，身子陡地向後仰去，高翔一伸手，已經取過了里賓度放在床頭的那柄小刀。

但是高翔也沒有機會去使用這柄鋒利的刀子，和里賓度發出的那下慘叫聲幾乎是在同時，「砰」地一聲響，房門便被踢了開來，兩個手中持著手提機槍的漢子衝了進來。

里賓度勉強站直了身子，手掩著左眼，血從他的指縫之中流了出來。

「這……不是薩都拉！」他怪叫著。

那兩個持槍的漢子立即踏前一步，扣在機槍上的手指一緊。

高翔閉上了眼睛，他不忍看子彈呼嘯著向他飛來時的情形。

「別殺他！」就在這時候，房門外突然傳來了一個懶洋洋的聲音。

高翔並不希望那個聲音會替自己帶來好運，因為那個聲音聽來是如此懶，像是一個三天未曾睡過覺的人所發出的聲音一樣。

但是，他卻聽不到槍聲。他睜開眼來。那兩個持槍的大漢已經向外跨了開去，卻並沒有進來，那懶洋洋的聲音仍從門外傳了進來。

「土星，帶他來見我。」

里賓度手仍捂著眼，他怒叫道：「金星，這傢伙刺瞎了我的眼！」

「土星，帶他來見我。」懶洋洋的聲音重複著那一句話。

高翔看出里賓度的右眼之中怒火迸射。但是，高翔也知道里賓度是不敢不服從那個命令的。因為發出命令的人是「金星」，是黑龍黨中第三號人物，比里賓度的地位更高！

里賓度從衣袋中掏出一塊手帕，將他的左眼紮了起來，鮮血迅即將他的手帕染紅。他來到高翔面前，喝道：「將刀放下！」

「你不能殺我的！」高翔有意激怒他，「還是快帶我去見金星吧！」

里賓度揮起右掌，向高翔的面上摑來。但高翔卻不等被他摑中，右手的小刀已向他的頸上劃去，里賓皮怒吼一聲，身子向後一退，一揮手，那兩條大漢衝了上來，高翔的身子轉動不靈，頭上立即受了重重的一擊。他昏了過去。

等到他醒轉過來時，他已經不在原來的房間中了！

使他昏過去的那一擊，顯然十分沉重，因為當他醒過來之際，後腦勺上仍是十分疼痛，而眼前的視線也不怎麼清楚。

他勉強定了定神，首先看到陽光從兩邊的窗子中斜斜地射了進來：那已是下午六時左右了，高翔心中想。

他動了動身子，才發覺身上的繃帶已經全被除去了，而他是被放在一張沙發上。他剛想坐直身子時，對面一張沙發上，傳來了一個懶洋洋的聲音：「高先生，你好？」

高翔循著聲音看去，他首先看到兩個持槍的大漢，站在一張安樂椅後面，那兩個大漢手中的槍嘴正對著他。

高翔不喜歡這種情形，所以他的目光連忙轉移，這一次，他見到他喜歡的東西了，那是一個裸女，當然不是活生生的裸女，而是一本雜誌的封面。

那本雜誌被打開著，覆在一個半躺在安樂椅上的胖子臉上。

那胖子有一個大肚子和十分短而肥的手指。

高翔是認得那懶洋洋的聲音的，他立刻尊敬道：「你好，金星。」

胖子「戛戛」地笑了兩聲，說：「用你來冒充薩都拉，這是哪一個聰明人的主意？」

高翔的心中並不以為方局長的這個主意是聰明的，但是在敵人面前，他卻要幫著方局長說話。

「那麼。」他聳了聳肩，「挾持一個毫無抵抗的小女孩，又是誰的聰明主意？」

「我，金星。」胖子恬不知恥地笑了起來。

那本雜誌始終蓋住了他的臉，高翔也沒有法子看清他的臉面。

「你這個不要臉的畜牲！」高翔毫不留情地罵著。

「多謝你，高先生，你要和你們的最高負責人通一個電話，告訴他，薩都拉和我們之間的事，就是我們雙方的事，和你們無關。」

「如果我不呢？」

「噢！」胖子的聲音竟顯得悲天憫人起來：「我不希望你強壯的身子會變成一塊一塊，由我們以『分期付款』的方式付還給警方。我相信你也一定不希望如此，是不是？」

高翔感到了一股寒意。

「請給我時間考慮。」他猶豫了一下說。

「可以，你可以在明天日出之前答覆我們。」胖子懶洋洋地揮了揮手，從一扇暗門中，立即有兩個人走了出來，將高翔從沙發上拉了起來。

高翔被兩個人架著，身不由主地出了那間起居室，來到一間儲物室中，然後，又從儲物室的一扇門中進入了甬道，走了二十碼左右，他便被推進了一間暗室之中。

暗室中十分黑暗，高翔用盡目力，也難以看到一些東西。

他閉上了眼睛，過五分鐘再打開來，暗室已不像剛才那樣黑暗了。

他看到暗室有兩扇門，他奔過去搖了搖，門都鎖著。

暗室還有一扇窗，窗上的玻璃滿是塵埃，而窗子也不過一呎半見方，這便是這裡所以如此黑暗的原因。

窗上有著鐵枝，高翔解下了縛腰的皮帶。他的皮帶是牛筋搓成的，特別長，一頭還有一隻尖鉤子。那是一件十分有用的工具，他揮動皮帶，鉤子鉤在鐵枝上，他用力拉了拉，鐵枝紋風不動。

高翔只得收起皮帶，在地上躺了下來。

他知道，在明天天亮之前，是不會有什麼意外發生的。而到了明天早上，他有兩條路可走，一條是接受「金星」的意見，使自己作為人質，要警方不參與黑龍黨的挾持事件中。還有一條路，那就是如「金星」所說的那樣，身子被以「分期付款」的方式送回給警方。

如今他既然沒有法子逃出去，那麼一切自然只有等明天再說了。所以，他十分自在地睡了過去。

他被「卡察」的開門聲驚醒之際，暗室中更是黑暗，那使高翔知道，天色已經黑了。至少，他已經是黃昏了。

他看到一道門被打了開來——那並不是他進來的那扇門，而是另一扇。

接著，一個在黑暗中看來十分苗條的身影，走了進來，門又「砰」地關上。

那苗條身影停著不動，顯然她並未曾看到暗室中有人在。

「歡迎，」高翔站了起來，「小姐貴姓？」

5 生命賭注

進暗室來的不是別人，正是木蘭花。

木蘭花是在探海達倉庫的時候被「土星」里賓度手下指嚇著，通過了一條長長的甬道，來到了這間暗室之中的。

她陡然間聽到了高翔的聲音，心中十分高興。

「高先生，上次我們分手時，你曾說過希望可以和我在和平的情形下相處，如今，你的願望實現了。」

「穆小姐！」高翔像孩子一般地雀躍，「那真太好了！」

「太好了？」木蘭花道：「我可看不出有什麼好。」

「當然好，穆小姐，無論在什麼樣的情形下，可以和你在一起總是好的。」

木蘭花雖然不知道經過了多少次險境，但是一個男子直率而又大方地向她如此說話，卻還是第一次，她心頭莫名其妙地劇跳起來，一言不發。

「你是怎麼進來的？」高翔的心中也十分不安，他唯恐自己的話得罪了木蘭花，所以連忙改變了話題。

「我答應了方局長，來營救薩都拉的小女兒。」她說。

「那位阿拉伯小姑娘叫阿敏娜。」

「你已見過她了？」

「沒有，我不知道她在什麼地方，我連自己在什麼地方也不知道。」

「我知道，我們是在海達街的附近。」

「海達街，那是海邊的工廠區啊。」

「不錯，我們知道自己在何處是沒有用的，最要緊的，是我們要出去。」

「我試過了，辦不到。」

「你試過最古老的辦法沒有？」木蘭花問。

「什麼古老的辦法？」

「我們敲門，總有人會進來的，然後我們襲擊那個進來的人。」

「穆小姐，」高翔遲疑著，說：「這辦法可行麼？」

「黑龍黨是一個十分龐大的組織，他們擁有一切現代化的設備，但也因為這樣，他們或者想不到那種最簡單的越柙方法。」

高翔還沒有出聲，在暗室的一角，突然傳來了一陣清晰的笑聲。

那笑聲聽來十分懶，也十分殘酷。高翔和木蘭花兩人都怔了一怔。

「那是金星。」高翔低聲道。

「不錯，我是金星，我離你們很遠，但是我甚至可以聽到你們的呼吸聲。在暗室的四周有著傳聲器，還有紅外線配備的電視傳真——高先生，你不必眨眼睛，這是事實！」

暗室中十分黑暗，高翔在眨眼睛，連木蘭花都未曾看到，但是在遠處的「金星」卻看到了。木蘭花的心向下一沉。

她猜中了黑龍黨徒有一切科學的設備來作惡，也因為黑龍黨方面有著這種設備，她和高翔兩人想逃出去，幾乎是沒有可能的事。

「我還是勸你們不要亂動，我這裡有幾個按鈕，只要我一按的話，」「金星」略停了一停，「受無線電控制的機槍，就會將你們的身子射成蜂巢一樣。」

「金星，你想在我們身上得到什麼，我們可以面對面地談判。」高翔大聲道。

「哈哈，我們不想在你們的身上得到什麼，我們只想在薩都拉先生的身上得到某一種行動的保證，我相信有你們在這裡，警方是不會再多事的了。」

「金星，」木蘭花十分沉著，「我來的時候，是有人知道我到海達街來的。」

「哈哈哈哈，」「金星」的笑聲聽來刺耳之極，「你以為你如今還在海達街附近麼？聰明的小姐，那你完全錯了。」

木蘭花記得十分清楚，她從海達倉庫的辦公室暗門，通過一條甬道，大約二三十碼，便來到了這間暗室之中，何以「金星」說如今已不在海達街的附近？

「你不必故作神秘，金星先生。」木蘭花冷冷地道。

「你可以自己攀上小窗子去看看。」

木蘭花向後退出了幾步，身子跳了起來，一伸手，已經拉住了鐵枝，向外看去，她不禁呆了，她在一時之間，幾乎不能相信自己的眼睛！

窗外是一片海！

「穆小姐，你看到了什麼？」高翔問。

木蘭花一鬆手，身子落了下來。

「我們在海當中。」

「在海當中？」高翔不信，「那我們難道是在一艘船上面？」

「我看是的。」木蘭花沉思著，海達街是在海邊，海達倉庫的後面可能緊靠著海邊，在海邊，尤其是倉庫的後面停著一艘船，當然是不會引人注意的，倉庫中的甬道可以和船上的暗道相銜接，那就使人在不知不覺中上了一艘船！

這時候，他們也已想到了那間暗室在作極其輕微的搖動，那種輕微的搖動，若不是他們已經知道身在一艘船上的話，是絕不會覺察出來的。

「金星」的聲音又傳了過來，「你們明白了麼？你們是絕逃不出去的，晚安。」

木蘭花坐了下來，雙手抱膝，半晌不語。

「穆小姐，」高翔隔了好一會才說話：「我不相信你會甘心給他們關在這裡。」

「不甘心也沒有法子啊，我早不該和黑龍黨作對的，唉，如今只有接受現實了。」木蘭花沮喪地說。

高翔的眼睛在黑暗中睜得老大，他簡直難以相信這樣的話是從木蘭花的口中說出來的。

「高先生，我覺得很冷，你的外套……借給我披一披好嗎？」

高翔身上的繃帶被除去之後，本來是沒有外套的，但當醒過來的時候，他身上卻穿著一件外套，那件外套十分大，可能就是「金星」的。

高翔將外套脫了下來，木蘭花躺在暗室的一角，高翔將外套蓋在她的身上。

「高先生，接受命運的安排，不要強來，你是鬥不過黑龍黨的。」

高翔想要憤然反駁，但是他終於一聲不出，靜靜地離了開去，在暗室的另一角坐了下來。

木蘭花當真是接受「命運的安排」了麼？

她根本是一個絕不信任命運的人。她相信，一個人的命運的主宰，就是那個人自己，人人都可以創造自己的命運！

當她知道自己是在一艘船上之後，她立即肯定自己是在一艘中國式的木船上，因為一艘大船是不可能停在海達倉庫後門的。

當然，那艘木船的內部經過截然不同的改裝，但是從外表看來，那一定和普通的木船無異，唯其如此，才不會引人注意。

當木蘭花肯定那是一艘木船之際，她已經有了主意，她故意說願意接受命運的安排，實際上，她躺著，用高翔的外套蓋住了身子，但是她卻已經取出了藏在鞋底中的一柄小刀，開始在牆角挖著。

果然，那看來像是磚牆的牆壁，實際上是木質的。木蘭花的動作十分小心，蓋在她身上的那件上裝一動也不動，就像她只是靜靜地躺著一樣。

經過了一個小時，木蘭花已經挖通了一個手掌大小的洞。她將頭縮到了外套中，去看自己挖掘的成績。她看到有一點亮光，從她挖出的洞中傳了過來，用心看去，鄰室並沒有人，光線是從再隔壁的一間房間中透過來的。

而她可以看到的那間，像是一間儲物室。在那間房間中，堆著許多雜物，其中有一柄鶴嘴鋤，恰好在木蘭花的手可以伸得到的地方。

木蘭花用手摸著牆壁，約為兩吋厚的木板，如她和高翔兩人合力，又有鶴嘴鋤作工具的話，那麼便可以在幾十秒鐘的時間內將板壁弄穿，逃出這間密室。

雖然逃出了這間密室之後，仍然身在船上，但是總比較如今，一行一動，一言一語都給人監視著好得多了，因為這艘木船上，不見得到處都有電視傳真器和傳音設備的。

她將頭從外套下伸了出來。

「高先生，」她以微微發抖的聲調說：「你……請你過來。」

高翔因為木蘭花的氣餒而在生氣，聽到了木蘭花的叫喚，他只是冷冷地應道：「做什麼？」

「我……還是冷，你……過來靠著我。」

高翔呆了一呆，他知道木蘭花雖然美麗，但是在私生活上，卻是嚴肅得像老學究一樣的人，何以她今日一反常態？

高翔是個聰明人，他略為想了一想，就完全明白了，他明白木蘭花這樣做，全然是為了使監視他們的人鬆懈下來。

「你心中害怕，自然就覺得發冷了。」他一面說，一面向木蘭花走來。

「你摸摸我的手，多冷。」木蘭花的聲音仍在微微發抖，她以假作真，竟真到這一地步，那確是使高翔十分佩服。

他伸手入外套，木蘭花立即捉住了他的手，以手指在他的手背上敲著。

木蘭花在高翔手背上敲出的，是世界上最通行的摩斯電碼。由於外套蓋著，監視他們的人是看不出他們在通訊的。

木蘭花迅速地敲出：「我已挖了一個洞，鄰室手可及處，有一柄鶴嘴鋤，我們可以在半分鐘內弄穿這塊板壁，脫出這間暗室。」

高翔也在木蘭花的手背上敲出：以後又怎麼辦呢？木蘭花回答他：見機行事。我將鶴嘴鋤拉了過來，你用力挑動。高翔點點頭。

木蘭花側轉身，慢慢地伸過手去，抓到了鶴嘴鋤的柄，將柄從她挖出的圓洞之中拉了進來，交到了高翔的手中。

高翔雙手緊緊地握住了鋤柄，等候著木蘭花的命令。

木蘭花的手也握在鋤柄上，雖然她的氣力可能不及高翔的十分之一，但是加上一分氣力，也是好的。（如果在打鬥的時候，高翔可能還不是木蘭花的敵手，因為那是講究技巧，而不是講究氣力，木蘭花在柔道上，空手道以及各種以巧力取勝的技擊功夫上，有著極其高深的造詣，但如果硬比氣力，她當然不及高翔。）

她低聲道：「你靠著我，我便不覺得這樣的冷了。」

她這一句話才講完，陡地喝道：「拉！」

高翔蓄勁已久的力道陡地發出，兩人用力向後一拉，「嘩啦」一聲響，板壁上已破了一個大洞，他們兩人全是身手矯捷之人，板壁上一出現了大洞，他們立即竄了過去。

也就在他們剛竄出板壁之際，一陣驚心動魄的子彈呼嘯聲，在暗室之中響了起來。

木蘭花和高翔兩人知道，「金星」並不是在說大話，暗室之中，的確有著受無線電控制的機槍裝置！他們的動作如果慢上一秒鐘的話，那麼他們的身體就可能成為一具血淋淋的蜂巢了。

他們到了儲物室的門後停了一停，儲物室的門本來就是開著的，恰好可以供他們將身子藏起來。

他們才一隱身門後，便聽到外面人聲喧嘩，「土星」里賓度陰森的聲音最為突出，也來得最快，他一步跨進了儲物室！

他才跨了進來，高翔的手已從門後疾揮而起，向他的後頸劈了下去。

高翔這一劈，是「空手道」中十分厲害、致命的招數，他又用足了力道，手掌劈在里賓度的臉上，發出了令人聽了毛骨悚然的骨裂之聲，里賓度的身子向後倒了出去，他面上已是血肉模糊地一片。

他人雖然倒在地上，而且面部也受了重傷，但是卻還迅速地拔出了佩槍來。

可是，他面上的鮮血遮掩了他的視線，當他拔出佩槍之後，他只是亂射，而木蘭花則早已將那扇門的門栓拔去，將整扇門都推得倒了下來，壓在里賓度的身上，兩人就踏著門板，向外闖了出去。

他們一闖出了儲物室的門，就不禁愕然。

那是一條極長的走廊，這種走廊，是只有類似大廈的建築物中才有的，有什麼船上會有那麼長的一條走廊呢？

他們不是在船上麼？為什麼忽然之間，又變得不在船上了呢？

兩人的心中全都充滿了疑惑，但是他們卻沒有時間去想這一個問題。

他們一出儲物室，走廊之中，又有子彈呼嘯著飛了過來，將他們逼回了儲物室中。

他們掀起門板，里賓度躺在地上，一動也不動，不知他是生是死。

高翔一伸手，將里賓度手中的槍取了過來，兩人一齊躲到了一隻大圓桶的後面，退出子彈夾一看，彈夾中只有兩顆子彈。

「穆小姐，這是我們唯一的武器了。」高翔苦笑著說。

「只要利用得好，兩顆子彈也可以起很大的作用。」木蘭花鎮定地回答。

在他們躲到了儲物室的木桶後面之後，走廊中的人聲和槍聲都靜了下來，靜得出奇，靜得使人的心中不由自主地發慌。

接著，便聽到了「金星」的聲音。

「你們不會有希望的，高先生，穆小姐。」他的聲音仍然是十分懶洋洋，但是卻可以聽出，語音之中充滿了怒氣。「你們的四周，全是我們的人，你們怎麼能夠衝得出去？」

「金星」略停了一停，又說道：「我可以給你們五分鐘的時間來考慮投降，如果過了五分鐘，那我就命令進攻了！」

「金星」的聲音，仍是從剛才禁閉他們的密室中傳過來。

木蘭花緊蹙著秀眉，一言不發。

「我們怎麼辦？」高翔難以決定，他不得不請教這位足智多謀，至今還未曾有過失敗記錄的女黑俠。

木蘭花仍是不出聲。

「穆小姐，我們只有五分鐘的時間啊！」高翔不禁著急起來。

「不錯，我如今正想這五分鐘快些過去。」木蘭花緩緩地說。

「過去了之後，怎麼辦？」

「等著。」

「等他們來進攻麼？」

「不，等事實來證明我的推斷是不是正確。」

「你的推斷是什麼？」

「黑龍黨徒根本不敢向我們進攻。」

「穆小姐，」高翔幾乎想大聲叫了出來：「你和『金星』是老朋友麼？還是有上帝在保護你？」

「不是有上帝在保護著我，而是這些！」她指了指身前身後的那些圓木桶。

「那些是什麼？」

「照我的猜想，木桶中所盛放的，一定是烈性炸藥。」

「烈性炸藥！」高翔幾乎跳了起來。

「鎮定些——」木蘭花將手按在他的肩上，令得他又蹲了下來。「是烈性炸藥，他們不敢向我們開槍，就是為了這個緣故。」

「為什麼，他們怕我們屍首不全麼？」

「當然不是，」木蘭花笑了笑，「他們是怕這裡所有的炸藥如果一旦爆發，那麼他們苦心經營的一個巢穴便要毀去了。」

「他們是投鼠忌器？」木蘭花笑著問。

「噢，」高翔叫著：「小姐，在如今這樣的情形下，我希望你不要再講究修辭學了！」

木蘭花停了停口，不再說話。

過了片刻，她才輕輕地問道：「照我看來，五分鐘已過去了吧。」

「是的，他們果然沒有進攻。」

「我們要進攻了。」

「就憑這兩顆子彈？」

「當然不，用這些炸藥！」

木蘭花站起身子來，抱起了一個木桶，向外滾了出去，她人也立即閃到了門口，伸手向高翔招了一招。

兩人一起在門口，看那隻木桶滾到了走廊的盡頭，在木桶滾過去的時候，走廊兩旁的房間中，有人發出了怪叫聲，木桶滾在走廊的盡頭停住了不動。

木蘭花剛才在滾出木桶的時候，她等於是將生命在從事一場賭博。

因為她不知道木桶中究竟是怎樣性質的炸藥，也不知道在經過滾動，撞擊之後，是不是會爆炸。

如果那桶炸藥在滾動之中爆炸了起來，那麼，一定會影響儲物室中其他幾桶炸藥，她和高翔兩人便絕不會有生存的機會了。

但如今，那桶炸藥並沒有爆炸。

在這場以生命作賭注的賭博之中，她贏了——至少，她已經佔上風了。

她從高翔的手中接過那柄取自里賓度手中的手槍來。

木蘭花將手槍在手中拋了一拋，又立即將之接在手中，大聲說道：「金星，你看到目前的情形了麼？」

她漸漸地舉起槍，瞄準了那桶炸藥。

「里賓度留下了兩顆子彈給我們，這兩顆子彈，足夠使這桶炸藥爆炸了。」木蘭花的聲音十分冷峻。「你大概不想有這種情形出現吧？」

「金星」的聲音通過擴音機傳了過來，他顯然有點驚惶：「如果你開槍的話，那你也性命難保了。」

「這是賭博，金星先生！」木蘭花的聲音十分冷：「我相信你的辦公室一定有一條逃走的捷徑，我勸你快逃出去。但是我卻沒有法子代你設想，你怎樣才能逃避黨內對你的懲罰！」

「住口！」「金星」陡地怪叫，顯然「黨內的懲罰」這件事，是他們黑龍黨人所最害怕的事情。

「我們現在退卻，如果你手下的人一有異動。那我就一定開槍，和你們同歸於盡。」木蘭花一面說著，一面站了起來。高翔也連忙跟著站起。

兩人面對著那桶炸藥，向走廊的另一端退了出去。那條走廊約有三十呎長，他們退到了盡頭，那桶炸藥仍在手槍射程之內。

走廊兩旁的房間，房門都關著，一點聲音也沒有，像是根本沒有人一樣。在走廊的盡頭處。有著一扇鐵門，看來像是通向外面的，木蘭花向高翔使了一個眼色。高翔俯身下去，鐵門是鎖著的，然而開鎖是高翔的看家本領之一，不到半分鐘，鐵門已被打開了。

果然，鐵門外是一條小巷。

小巷只不過五六呎寬狹，一邊是一堵十二呎左右高下的圍牆。

「高先生，你先跳過圍牆去！」木蘭花沉著聲說。

高翔踏出了鐵門，抬頭向上望去。

從屋子的每一個窗戶中，都有槍管伸出。向小巷瞄準著，高翔連忙縮了回來。

「有人監視著我們，是不是？」木蘭花問。

高翔點了點頭。

「你放心好了，只要我的手槍指著那桶炸藥，他們便不敢為難你，你可以安然的離開這裡。」

「我知道我可以安然離開此地，」高翔大聲地叫著：「但是你呢，穆小姐？」

木蘭花的面色十分蒼白，顯見得她也是在強作鎮定。

她說道：「我自然有辦法的，如今我們不能兩個人一齊退卻，那就只好一個一個的來。」

「好，將槍給我，你先退出去。」高翔說。

「高先生。」木蘭花的聲音變得冷而硬，「你如果不肯先退出的話，整個大局都會被你破壞了，你負得起這個責任麼？」

「胡說。」高翔漲紅了臉，「為什麼你要我做懦夫。」

「誰說你是懦夫？」木蘭花的聲音軟了些：「我要你先攀過牆去，伏下，但將你攀牆用的皮帶留在牆頭，我自有主意。」

木蘭花的這幾句話，講得十分低。

高翔猶豫了一下，道：「穆小姐，你準備怎樣退卻，我必需知道你是安全的，我才肯走。」

「傻瓜，你難道想我講出來，讓『金星』聽到麼？」木蘭花低聲責斥。

高翔嘆了一口氣，又跨出了鐵門外。

在各個窗口上，傳來了一連串「卡勒」，「卡勒」的槍彈上膛的聲音，但是卻並沒有人發射。

高翔退到了牆邊，約略數了一數，對準他的槍口，竟在十枝以上，他向木蘭花望去，只見木蘭花連望也不向他望一眼。

高翔「刷」地抽出了那條有鉤子的皮帶向上揮去，鉤住了牆頭，迅速地向上爬去，翻過了牆，將皮帶留在牆上。

一翻過了牆，乃是一片堆滿了廢銅爛鐵的空地，空地在海邊，在很遠的地方，有兩個小孩子在玩，他們看到高翔翻牆而出，以奇怪的眼光望著他。

高翔伏在牆腳下，等候木蘭花出來。

他只等了一分鐘左右，但是那一分鐘對高翔來說，卻長得像一個世紀！

然後，出乎意料之外的，是一下驚天動地的爆炸聲！

那一下爆炸聲，將伏在地上的高翔震得直跳起來。他才一躍起，那堵圍牆便倒了下來。

高翔舉起手臂，遮住了頭，向內衝了進去。

他衝進了一步，抬頭向前看去。

可是他卻什麼也看不見，塵、沙、煙、霧，將他的視線完全遮去。

他想開口叫，濃塵向他迎面襲了過來，弄得他劇烈地嗆咳起來。

那時候，高翔的心中焦急到了極點。

但是他還可以知道一點，那便是，不論是什麼地方的炸藥爆炸，儲物室中那麼多桶的炸藥，一定會受到影響而爆炸的。

那也就是說，他如果再留在附近，那將是危險之極的事情。可是，木蘭花呢，木蘭花在什麼地方呢？

6 天亮前的黑暗

他連忙向後退了開去。

他才出了三四步，「砰」「砰」兩下槍聲傳了過來，兩顆子彈在他身旁呼嘯著掠了過去，他甚至可以感到其中一顆的灼熱。

他連忙在地上打著滾，滾到了一堆廢銅爛鐵之後。接著，便是三下更響的爆炸聲，整幢建築物都被罩在煙中了。

高翔從廢物堆後站了起來，向後退出了三五十碼。

救火車、警車的聲音，已經自遠而近傳了過來。依高翔的職責而論，他應該立即前去，和率隊前來的警方人員聯絡的，但是他卻只是呆呆地站著，他的心中難過得像是有一種無形的力量在抽他，扭他的心一樣。

他的眼眶，在不知不覺之中變得十分潤濕。這個如今已徹底被毀的地方，無異是黑龍黨在遠東的一個重要據點，如今這個據點已毀了，不少黑龍黨徒將葬身其中，可能包括第七號人物「土星」里賓度在內。

但是，木蘭花呢？高翔想要撕心裂肺地大叫，但是他的喉嚨中，卻像是有一大團東西哽著一樣，令得他鼻子發酸，一點聲音也發不出來。

這代價太大了，這代價太大了！高翔緊緊地握著雙手，直到指節骨發白，他恨自己為什麼先離開了木蘭花，而讓木蘭花一個人留在虎穴之中！

但是，後悔又有什麼用呢，一切的後悔都已遲了。

在高翔傷心的時候，在他的身後已聚集了不少看熱鬧的人。

他聽得有人在說，說這個爆炸起火的地方，是海達倉庫的副倉，是早已丟廢，準備重建的了，不知為什麼會爆炸起來的。

高翔心不在焉地聽著，他的心中也在奇怪：為什麼會突然起爆炸的？

爆炸是在他翻過牆後不到一分鐘之內所發生的，難道是木蘭花自知難以逃得出，所以便存了同歸於盡的心，放槍射擊那桶炸藥。

可是木蘭花並不是蠢人，更不是行事不考慮的人，她應該知道，和她同歸於盡的，至多只是「土星」里賓度和一些小人物而已。一直未曾露面的「金星」難道會逃不出生天麼？那麼，她的「同歸於盡」，究竟又有什麼價值呢？

高翔的心中亂到了極點，他呆呆地等著，希望奇蹟會突然出現，木蘭花會從濃煙中走出，向他笑嘻嘻地奔了過來。

然而卻沒有人從濃塵中走出來——除了消防員。

高翔看到一個又一個的空擔架抬進去，上面放了人，又被抬出來。他腳步沉重，向前走去，警察攔住了他，他取出特別證件來，一直來到了指揮車的旁邊。

指揮這次意外事件的是高翔的下屬，警方特別工作室的三個副主任之一：陸尚。

陸尚是一個資格十分老的警務人員，他一見高翔，連忙行禮，問：「高主任，可有什麼特別指示？」

高翔痛苦地搖了搖頭。

「據消防局方面說，一小時之內，火勢可以撲滅；軍火專家說，那是整桶的黑火藥爆炸的結果。這裡本是廢倉，卻有那麼多人，我猜一定是黑社會在利用這地方作聚會之用。」陸尚向高翔報告著。

高翔仍是痛苦地點著頭：「到如今為止，已發現了多少人？」

「十七具。」

「全死了？」

「是的，相信是沒有救了。」

「其中有沒有一個穿黑衣服的年輕女子？」高翔在講出這句話的時候，轉過了頭去。他不願被他的屬下看到他在流淚，而他這時卻已在流淚了。

「主任。」陸尚為難地說：「在已發現的屍體中，沒有一具是可以辨認什麼了，爆炸的力量太大，當時建築物中一定全是烈火——」

「住口！」高翔突然大叫。

陸尚驚愕地住口不言，他不知道自己在什麼地方說錯話了。

「沒有什麼，你繼續工作吧。」高翔拍了拍陸尚的肩頭，轉身走了開去。

在高翔轉身走開之際。陸尚更加驚愕了，因為他清楚地看到高翔滿面皆是淚痕！高翔是一個什麼樣的硬漢，還在高翔和警方站在對立地位的時候，陸尚便已經知道的了。他絕未想到高翔竟然會哭！

他站著發呆，一時之間，竟忘了指揮工作。

高翔慢慢地向前走著，在人叢中穿了出去。

連他自己也不知道他是怎樣回到他的辦公室的，等他推開辦公室的門時，值夜秘書立即道：「高主任，局長正在找你。」

高翔轉身，向局長室走去。

他推開了局長室的門，方局長正在來回踱步，一見到高翔，張開了雙臂。叫道：「你回來，真了不起！我接到了陸尚的報告，便——」

他停了一停，望著高翔，奇道：「咦，你怎麼啦？這樣沮喪做什麼？」

「被炸毀的是黑龍黨在遠東的據點，」高翔有氣無力地報告著：「我是木蘭花救出來的，而木蘭花她……她自己……」

「她怎樣了？」方局長面上失色。

高翔搖了搖頭，講不下去。

「你怎可肯定？」方局長立即追問。

高翔定了定神，開始將經過的情形向方局長作詳細的報告。

方局長靜靜地聽著。等到高翔講完，他面上的神情和高翔一樣沮喪！他拿起了電話筒，撥了木蘭花家中的電話號碼。

對面的電話足足響了三分鐘，才有人接聽。

「喂，半夜三更，什麼事？」那是穆秀珍的聲音。

「穆小姐。」方局長沉重地道：「請你不要出去，我們來拜訪你。」

「我的堂姐不在，她出去了沒有回來。」

「我們是來拜訪你！」

「好，我等你們。」穆秀珍放下電話，披上了一件晨褸，理了理頭髮。

她在對著鏡子整理頭髮，卻沒有發現，在窗外有一條黑影，正循著水管迅速地向上爬來，已爬到了窗旁，探頭向內望來。

穆秀珍以一條絲帶束住了頭髮。輕鬆地哼著流行曲，向門外走去。

當她走出房間，將門掩上的時候，那條窗外的人影已經弄破了一塊玻璃，打開窗子跳了進來。那人的身上穿著一件藍色緊身衣，頭上套著一隻藍布套子，只有兩隻眼睛露在外面。

他是一個瘦長子，行動敏捷而無聲，他躍下房中，便向房門走去。當他拉開房門的時候，穆秀珍剛來到樓梯口。

穆秀珍離開房間的時候忘記了關燈，這是她一向的習慣，那人一開房門，房間的燈光便射了出來。已準備下樓的穆秀珍陡地一呆，轉過身來。

可是當她轉過身來時，卻已經遲了。在她的前面，那個藍衣人的手中已持了一柄裝有滅聲器的手槍，正對準著她。

「回來！」那藍衣人發出命令。

穆秀珍在一時之間，一句話也講不出來。

「回來，回房間來！」那人再次命令。

「立刻有人來找我了。我不能在臥室中見客的，你是誰？」

「我也是你的客人，只不過是不請自來的，我要在這兒等另一位穆小姐回來。將來訪你的人是什麼人，你照實告訴我。」

「那不關你的事——」穆秀珍看到那藍衣人扣在槍機上的手指略緊了緊，便連忙改口：「是警方的方局長和高主任。」

那藍衣人沒有絲毫震動，只是冷冷地說道：「久仰得很了，好，你可以到下面客廳去，我在你的後面，你如果有異動，我就開槍。你知道，在他們兩人錯愕間，我要結果他們，也是十分容易的事情。」

「你……你是誰？」穆秀珍想先弄清對方的身分。

那人發出了一陣怪笑，代替了他的回答。

「下去！」他又再次命令。

穆秀珍走下樓梯，坐在沙發上，那藍衣人以槍指著穆秀珍，倒退著走過將門栓拉開，又回到了穆秀珍的身後，在沙發背後躲了起來。

「有人來了，你就叫他們自己推門進來。」

穆秀珍無可奈何地點著頭，她心中在想，如果是蘭花姐遇到了這樣的情形，將會怎樣呢？她想來想去。只得出一個結論：也是坐著不動，聽候那人的指揮。

她心中十分焦急，時間也像是過得十分慢。終於，有汽車聲傳了過來，在她們的屋子面前停下，接著，便是電鈴聲傳了進來。

「請進來，鐵門沒有鎖，屋子門也沒有鎖。」穆秀珍大聲地叫著。

高翔和方局長兩人推門走了進來。

穆秀珍仍是坐著不動，雙手放在沙發的扶手上，但是她卻拼命向方局長和高翔兩人做著各種各樣，怪狀百出的鬼臉！可是，方局長和高翔兩人的心情全都十分沉重，他們兩人一進屋，便坐了下來，竟未曾注意穆秀珍在向他們做鬼臉。

穆秀珍眨眼眨得眼都痛了起來，她在歪嘴的時候，幾乎真的錯開了下顎骨，但是方局長和高翔兩人仍是低著頭。

「好吧。」穆秀珍賭氣說：「你們來找我什麼事？」

方局長望著高翔，高翔望著方局長。

「喂，究竟是什麼事啊！」穆秀珍又大聲問。

「秀珍小姐，」方局長清了清喉嚨，首先開口：「我們來向你報告一個不幸的消息。」

「哼，我已經夠不幸了。」穆秀珍道。她立即覺出背後的槍管頂了一頂，忙道：「沒有什麼，剛才我說的話，算我沒有說，你們要講什麼？」

「木蘭花小姐已經死了。」方局長沉痛地宣布。

「讓她去好了——」穆秀珍心不在焉地順口回答，可是她立即霍地站了起來，道：「什麼，蘭花姐……已經死了，你們……你們……」

她話還未曾講完，那藍衣人也從沙發背後站了起來。

他手中長長的槍管擺了一個弧形，道：「好了，各位舉起手來。」

高翔向前踏出了一步，但方局長將他拉回，兩人都無可奈何地舉起手來。

穆秀珍乍聞噩耗，哀痛欲絕，哪裡還顧得舉手，她只是呆呆地站著。

那藍衣人冷冷笑著，說道：「我到這裡來，是來證實木蘭花究竟是不是已經死了。如今，連你們兩位都認為她死了，那很好，那是她干涉我們事情的結果，我相信你們兩位一定比她聰明了？」

「哼哼，」高翔發出了憤怒的冷笑：「你別打腫臉充胖子了，你們黑龍黨毀了一個據點，又死了多少黨徒？如果我的死，可以換得你們這麼多黨徒性命的話，我也願意一死。」

那藍衣人冷冷地聽著，等高翔講完，才道：「你的話是不是說，本市警方已經決定與我們為敵了呢？」

「當然是，」高翔大聲說：「你這蠢材到如今才明白麼？」

藍衣人桀桀怪笑起來，手中的槍漸漸高舉：「是你先向我挑戰的，高先生，如今，我先取你的性命，留下方局長，作為我的人質！」

他扣在槍機上的手指，漸漸地緊了起來，手槍的撞針慢慢地離開。

高翔的額上出汗，方局面的額上也出汗，穆秀珍也在驚惶失措中驚醒過來。

就在這時，方局長和高翔兩人停在外面的車子，喇叭陡地大聲響了起來。

那時正是凌晨時分，木蘭花的住宅又是在近郊，在夜闌俱寂的境地中，突然之間響起了驚天動地的喇叭聲，那藍衣人呆了一呆。

穆秀珍站在藍衣人的側面，她是三個人中，唯一沒有舉起手來的人，因為她剛才心中哀痛莫名，根本沒有聽到那藍衣人的命令。

這時候，她一見那藍衣人一呆，雙手猛地一推，將一張黑色的沙發向藍衣人推了過去。那沙發是不銹鋼腳的，有著輪珠，經穆秀珍用力一推，向前迅速地滑了過去，撞在那藍衣人的身上。

而高翔也早已向前撲了過去。「啪」「啪」兩下槍響，不會比拍手掌更大聲些，客廳中的燈被流彈打碎，眼前一黑，高翔一拳揮出。

他手上的戒指，自對方的下顎直到對方的臉頰上，在那藍衣人的叫聲中，還有裂帛之聲，那當然是他有犄角的寶石戒指已劃穿了藍衣人的頭罩。

藍衣人的身手也不弱，他中了一拳，立時抬起腿來，膝蓋頂在高翔的肚子上，高翔向後猛地退了出去，方局長拔槍在手。

「砰砰砰！」他連放三槍。

玻璃碎落，窗子被打開，那藍衣人跌出了窗子外。

方局長連忙趕到窗前。

「小心！」高翔大聲叫著。

方局長陡地站住，又是「啪」地一聲，子彈呼嘯著在他面前呎許處掠過。

方局長出了一身冷汗。他又向窗外放了幾槍，才走近窗口，在黑暗之中。他看到有一輛汽車，正向市中心的方向疾駛而出，當然是那藍衣人已經走了。

穆秀珍開著了另一盞燈，經歷了剛才的險事，她面色十分蒼白。

「穆小姐，」高翔撫著肚子，坐了下來：「你救了我一命。」

「而你，」方局長指了指高翔，「則救了我一命。」

「蘭花姐，蘭花姐呢？」穆秀珍哭問：「為什麼沒有人救她？」

高翔的面上現出了慚愧的神色來，他低下了頭，一言不發。穆秀珍的話，像是利劍在刺著他的心一樣。

「秀珍小姐……」方局長沉痛地叫著。

「我不要聽，我不要聽！」她捧著頭，向樓上奔了上去，衝進了房門，伏在床上，放聲大哭了起來。

樓下，方局長和高翔兩人面面相覷，過了片刻，方局長才說道：「我們走吧，她是一定要痛哭一場的，那是免不了的事情。」

高翔嘆了一口氣，兩人低著頭，走出了房子，來到了車旁。

到了車旁，兩人一齊抬起頭來。在那時候，他們才想起，救了他們的，正是那突如其來的喇叭聲。正由於那喇叭聲，才使那藍衣人呆了一呆，給了穆秀珍一個機會。那麼，是什麼人在按汽車喇叭呢？

兩人向汽車中望了一眼，車中並沒有人。

他們回頭看去，仍隱約可以聽得穆秀珍哀哀的痛哭聲傳了出來。他們一齊嘆了一口氣，上了車子，疾馳而去。

穆秀珍伏在床上，只覺得身子像是在向一個深湖中沉去一樣，她緊緊地抱著枕頭，淚水像是小河一樣地淌了下來。

突然間，她聽到了「啪」地一下，房門被關了起來的聲音。

穆秀珍呆了一呆，抽噎了一下。

接著，她聽到了一個極其親切，極其熟悉的聲音，道：「秀珍，哭得那麼傷心，誰欺侮了你來哩！」

穆秀珍在床上陡地一個翻身。木蘭花站在床前！

穆秀珍要揉揉眼睛才能肯定那是木蘭花。

木蘭花是有潔癖的，但這時木蘭花的身上卻污穢不堪，連臉上也有幾道黑炭。

「或許鬼魂和人不同吧。」穆秀珍心中想。

她一點也沒有害怕的感覺，只是一面哭，一面道：「蘭花姐，你回來了，很好，你雖然死了，但是你可得仍要時時回來看看我哇！」

穆秀珍話一講完，又放聲大哭了起來。

木蘭花走到窗口，向外看去，見方局長的車子已馳遠了，她才笑了起來，在穆秀珍的鼻尖上指了一指，道：「你以為我是鬼魂麼？」

「你不是麼？」穆秀珍睜大了眼睛。

「怎麼你越來越傻了，你看我像是鬼魂麼？」

穆秀珍抱著枕頭，坐了下來。她呆呆地望著木蘭花：「你不是鬼魂，那就是說你沒有死，可是方局長卻說你已經死了，他是個不會說謊的人，噢，蘭花姐，我給你弄糊塗了。」

「等會我向你一說，你就明白了，你快穿衣服，我們還有事。」

穆秀珍破涕為笑，以最快的速度穿好了衣服，木蘭花則抹了抹面，拉了穆秀珍到了她們兩人共用的書房之中。

在書桌上，放著一具如同收音機也似的儀器，在儀器的頂部，有著一塊四吋見方的螢光板，上面正有一點綠光在閃耀著，移動著。

木蘭花提起了這具儀器，道：「我們走。」

穆秀珍從抽屜中取出兩柄手槍來，給了木蘭花一柄。

「蘭花姐，我們帶著這具遠距離追蹤儀，去追蹤什麼人？」

「黑龍黨在遠東的首腦！」木蘭花的回答很簡單。

兩人下了樓，進了車子，木蘭花將那具儀器平放在膝上，穆秀珍駕車。

「我們要追蹤的目標，離我們兩哩另八十碼，正在向南移動，我們追上去。」木蘭花一面看儀器上的指針，一面道。

穆秀珍踏動油門，車子向前飛馳而出。

她們的車子開得極快，一路上，穆秀珍不斷地問木蘭花，究竟為什麼方局長和高翔以為她死了，而她竟活著回來。但木蘭花並不回答，她只是不斷地道：

「快，快，我們的目標還在繼續移動，而且速度相當快，他轉向東南了。」

「喂，你回答我一個問題可以不？」秀珍大聲問。

「什麼問題？」木蘭花笑著，抬起頭來。

「這具儀器，我知道並不是單獨使用的，必需要將一具不斷發出無線電波的儀器裝置在被追蹤的目標上，你說你是在追蹤黑龍黨的首腦，那你是怎能在他的車子上裝上這具無線電波發射器的？」穆秀珍問。

「那太簡單了，剛才，在按喇叭之前，我已經將那具無線電波發射器裝好了。」木蘭花仍是留心觀察著螢光幕上的那小綠點。

「噢，」穆秀珍不免有些垂頭喪氣：「原來突然按響汽車喇叭的是你。」

「咦，是我又有什麼不好？」

「好是好，只不過本來是我救了高翔的，如今卻是你救了他的了。」

「傻瓜，誰救了還不是一樣，你得小心駕駛，如今我們離目標只有半哩了，我們的目標已經停了下來。這裡是什麼區？」

「是東城區。」穆秀珍回答。

「我們將速度減低些。」木蘭花一面注視著儀器上的螢光幕，一面說。

螢光幕上的那點綠色越來越大，終於大到如同手掌一樣，幾乎全部螢光幕都成了綠色，而且，自儀器那邊發出了「嘟嘟嘟」的聲音來，距離表上的指針已指在「零」字上。那就是說，要追蹤的目標已經在二十呎之內了。

木蘭花關上了那具儀器，又命穆秀珍熄了火，汽車聲靜了下來。

這裡是位於半山的高尚住宅區，這時是天色微明，城市中最靜的時候。

木蘭花看到了那輛汽車，那是曾停在她家門前，被她偷偷地裝上了無線電波發射器的那輛車子。車子在一幢花園洋房內的車房中。

木蘭花並不下車，她坐在車中，手托著額，在仔細地思索下一步的行動。

到目前為止，她雖然歷盡驚險，但總算佔著上風，那全是她的機智來的。當她在海達倉庫的走廊退出，要高翔先走的時候，她已經下定決心，要將黑龍黨的這個據點毀去，可以給黑龍黨徒一個下馬威。

起先，她只是想到自己如何可以安然而退，但是她一轉念間便又想到，她可以假裝在爆炸中死亡，使黑龍黨徒鬆懈下來。

她自然知道黑龍黨徒是十分精明的，可能根本不會相信她已死亡，而到她家中去調查——木蘭花正希望那樣，如果是那樣的話，那麼她就可以先隱伏在屋子外面，然後再在黑龍黨徒所用的交通工具上，放上能發射無線電波的示蹤器，展開遠距離的跟蹤。

以後事情的發展，和她預料中的一樣，所以使她能夠根據無線電波，來到了這幢花園洋房之前，那當然是指揮總部了。

可是，木蘭花在海達倉庫的副倉中，能夠在如此猛烈的爆炸中安然脫身倒也不是簡單的。

在高翔還沒有翻過牆去的時候，木蘭花便已經看到，靠著牆，有一隻五十三加侖汽油桶改成的大水桶，而那條窄巷，則是斜著向下的。

她在高翔一翻過了牆去之際，便立即後退了三步，到了牆邊，一伸手，將高翔那條有鉤的皮帶取了下來。

那時，她的手槍仍然指著走廊另一端的那桶炸藥。當她抬頭看去時，她也看到那對準了她的槍管，她將皮帶的鉤子扣在槍機上，身子又向前走去，回到了走廊中。

這一切，只不過用了她二十秒鐘。她將手槍夾在門縫中，手持著皮帶，向外退去，一退到了門口，她立即身子反躍而起。

她早已認明了那隻鐵桶的所在，跳進了那隻鐵桶，也就在她一跳之際，皮帶一緊，扳動了槍機，子彈射出。

木蘭花將手槍夾在門縫上時，是瞄準了那桶炸藥的。她之能不能成功，全在她這一拉，子彈是否能射中那桶炸藥這一點上。

因為炸藥一爆炸，大震動一定使得樓上的人來不及放槍，而如果不爆炸的話，上面的十來支槍一定會在木蘭花的身上開幾個洞的。

木蘭花成功了，她剛躍進了桶中，驚天動地的大爆炸便已發生。

爆炸的震力使得大鐵桶倒下，向下滾去。一路上都有碎磚大石向大鐵桶砸下。但是大鐵桶卻保護著木蘭花，木蘭花手中還握著高翔的皮帶，等到大鐵桶滾到了小巷的一端，木蘭花跳出桶來，她已經離開危險區了。

她看到高翔冒著濃煙衝前去。也看著他退後出來。她悄悄地離去，在自己屋旁藏匿了起來。

她希望黑龍黨徒夠精明，精明到懷疑她可能沒有死，而到她家中來找她。

她等了半個小時便如願以償了，一輛藍色的車子在她家不遠處停下。車中一個瘦長的藍衣人躍了下來，向她屋子略一端詳，便爬了上去。

在那藍衣人爬進了她和穆秀珍兩人的臥室之後，木蘭花便沿著另一條水管，爬進了她們的書房，她在書房中取了那具無線電波發射器，放在那輛藍色車子的行李廂中。便退到了屋邊。

那時，方局長和高翔兩人也來了。

她在外面看著，到了緊急關頭，她便去按動汽車喇叭，給穆秀珍等三人以反抗那人的機會，然後她又回到了樓上，和穆秀珍見面。

木蘭花這時坐在汽車中，她已經可以肯定，這幢花園洋房的地位，一定比海達倉庫還來得重要，然而她卻沒有法子明白那瘦長身子的藍衣人是什麼身分。

從那藍衣人動作矯捷，出言傲慢這一點來看，他絕不是普通的黨徒。

「土星」里賓度已在爆炸中死亡，那麼，是不是說，在本市，黑龍黨的黨魁中，除了「金星」，「土星」之外，還有一個厲害人物呢？這幢洋房是不是窩藏薩都拉的女兒阿敏娜的地方呢？

她仔細地考慮著。

穆秀珍卻不耐煩起來，道：「蘭花姐，你在等什麼？等天亮麼？」

「不，」木蘭花說：「我在等天亮前的那一刻黑暗。你在車中等我，車門虛掩著，靠牆停著車，不可以驚惶離去。」

「我和你一齊去。」穆秀珍忙道。

「那我們就回去，今天晚上，我換一個人駕駛汽車再來過。」木蘭花回答得十分堅決。

穆秀珍嘟起了嘴，一言不發。木蘭花知道她在生氣，但是也知道她一定會照自己的吩咐去做的。

她輕輕地打開車門，身子一閃便滾在地上，一直滾到牆邊，才貼著牆站了起來，向前面指了指，穆秀珍將車子慢慢地開到了木蘭花指定的地方。

她們的車窗玻璃是特製的，像有一種太陽眼鏡一樣，從外面看去，是看不到裡面的情形的，木蘭花沿著牆迅速地走去。不一會，她已到了後門的旁邊。

後門鎖著，木蘭花到了門旁，取出了百合鑰匙，輕輕地將門推開閃身而入，又慢慢地將門關好。天色十分黑暗，而木蘭花的動作又靜得像一隻貓一樣，迅即閃過了天井，到了房子的後門邊上。

這時，在房子二樓，一間有大露臺的房間中，正燈火通明。但是由於房間的向外窗戶上都掛著極厚的絲絨窗帘，所以一點光線都不外露。

這間房間，就是當薩都拉在極熱的氣候下降落之際，「金星」和「土星」用望遠鏡觀察飛機的地方。

這時，「金星」仍躺在那張安樂椅上，他的臉上也依然望著那本裸女雜誌，看不到他的臉，只看到他肥胖的身子在不時轉動。在另一旁，一張書桌之旁，一個人正伏在案頭，在一架無線電收發報機之前緊張地工作著。

「『金星』，」那人回過頭來，「『太陽』說，一切照舊進行。」

「關於我呢？」「金星」的聲音有些緊張。

「『太陽』說，你也消滅了木蘭花，只要能夠取得薩都拉的保證，一切可以免論。」

在裸女雜誌之下，「金星」似乎鬆了一口氣，他略欠了欠身子，道：「報告『太陽』，我們一定設法完成任務，並建議給『土星』的家屬以五萬英鎊的撫卹金。」

那報務員又工作了起來。

當他工作到一半的時候，在他身邊，一具鋼架上的電視機，突然響起了一陣「嗚嗚」聲，而有一盞小紅燈正在不停地閃耀。

「討厭的貓！」那報務員咕嚕著，按了電視機上的一個掣。

電視螢光幕上，現出了一個十分模糊的畫面，那是由於光線不足的原故。但就算畫面模糊，也可以看得出，那是一個身形十分窈窕的人，正在沿著牆，向上迅速地爬來！

報務員吃了一驚，失聲道：「『金星』！警報電視上出現人影。有人向我們房裡攀來。」

「金星」坐了起來，但立即又躺了下去。他面上的那本雜誌還沒有落下來。

「通知地下室的工作人員，通上電流。」「金星」下著命令。

報務員拿起了直通電話，他對著電話講了兩句話，立即便有兩個人推門進來，站在「金星」的身後。「金星」則仍然懶洋洋地躺著。

而電視上的畫面，在這時候忽然消失，變成一片灰白了。

「『金星』，來人已將我們的電視攝影機毀去了。」報務員面上的神色十分驚惶。

「金星」向身後兩人揮了揮手，那兩人立即推著那張安樂椅，到了牆邊的一扇暗門之前，暗門打開，他們三個人一鼓走了進去。

報務員從抽屜中取出了手槍，但是他卻立即又將槍放了回去。因為他想到，當接通了電流之後，這幢房子的所有牆上全都佈滿了電流，那是任何人也不能在上面逗留的，他實在可以不必驚惶。

他舒服地坐了下來，卻全然未曾注意到，剛才曾在電視的螢光幕上出現過的窈窕的人影，已經悄悄地攀上了露臺了。

木蘭花能夠在毀去了電視攝影機之後，仍繼續在已經充滿了電流的牆上攀行，說出了並沒有什麼秘訣，因為她身上的那件緊身黑衣是特製的：兩層橡皮，夾著一層石綿，不但可以抵禦短暫時間烈火的襲擊，而且絕對與電流絕緣。

而她的手上，又戴著同樣材料製成的手套，所以，當黑龍黨徒在驚訝為什麼通電之後，對方並沒有自牆上跌下來之際，木蘭花已悄然來到了露臺之外了。

她一躍上露臺的時候，將門推開了一道縫，拉開了一點簾子，恰好來得及看到「金星」和他的保護人員從暗門走了進去。

她隱在露臺的陰暗角落上不動，不一會，就聽得直通電話的鈴聲響了起來。

那報務員拿起了電話聽筒，從聽筒中傳來了一個粗暴的聲音：「你為什麼虛報有人在攀牆？」

「他媽的，」報務員的火氣也不小，「示警電視上出現了人影，難道會是假的？」

「那為什麼沒有人跌下來？」

「誰知道，或者是你們未曾接上電流！」

他重重地放下了聽筒，他的手還按在聽筒上，人就僵住了。

木蘭花手中的一柄鋒銳的匕首，已抵在他的後頸上，而當他一呆之際，木蘭花更伸手勾住了他的頸，將那柄匕首在他的眼前晃了一晃。

那報務員的面色煞白，被木蘭花拖得向後退去，退到了椅旁，木蘭花用力一按，將他按在椅上，低聲喝問：「阿敏娜被你們囚禁在什麼地方？」

「我……不知道。」

木蘭花冷笑了一聲，鋒利的匕首在那報務員的上唇輕輕地刮了一刮，「刷」地一聲，將那報務員的上髭刮下了一邊來。

「你不知道？」

「我……確是不知……這是機密，只有『金星』和『土星』知道。」

那報務員的身子在發著抖。木蘭花以那柄匕首沉重的錫柄，在他的頭上重重地擊了一下，那報務員頭一側，昏了過去。

這時，在外面。第一線曙光已開始射入屋中了，但是在屋中，當木蘭花熄了燈之後，卻還是一片沉黑。木蘭花將那報務員的外衣迅速地除了下來，穿在自己的身上。

她來到了暗門之前。她伸手在牆上摸索著，不一會，便摸到了一個按鈕。她用力按下去，暗門無聲地打開。木蘭花連忙閃身，背貼著牆，向內看去。

裡面是一間佈置得較為簡單的起居室，有兩個人正坐在一張圓桌前玩撲克。

木蘭花認得那兩個人，那兩個人，就是「金星」的保鏢。

他們正在聚精會神地玩著牌，連暗門已無聲地打開，也不知道。

木蘭花從靴統中取出了一柄管子十分細長的槍來。那並不是手槍，而是一柄玩具水槍，只不過這柄水槍的射程十分遠。

當然，裝在槍中的不是水，而是十分強烈的麻醉劑。

木蘭花慢慢地舉起槍來，向兩人瞄準，她一方面自己以手帕遮住了鼻子，一方面用力一揑槍柄，一股看來和水沒有分別的液汁，向前射了出去。

當那兩個大漢聽到了「嗤」地一聲，而抬起頭來觀看時，他們已經被那種強烈麻醉劑噴得滿頭滿腦了。

在他們的臉上，現出了一個十分惶惑的神情來。兩人不約而同地伸出手來抹拭，但是，他們的手只伸到一半，頭便向下垂去，伏在桌上了。

木蘭花閃進了暗門，裡面的那間房間並不大，「金星」並不在房間中。

當然，木蘭花知道那一定另有暗門，通向一間更秘密的房間。「金星」大約是在休息，所以兩個保鏢才在外面守候的。

木蘭花以輕巧的腳步，在房間中來回地走了一遍，已經發現壁上的那個木架可能是暗門，她在木架旁邊摸索著，突然，外面電話鈴聲又響了起來。

木蘭花立即退到了外面，拿起了聽筒。

「嗨，經過檢查，電視攝影機並沒有被毀，只不過歪向一邊，你看到的所謂人影，一定是一隻貓兒，明白了嗎？」那面傳來粗暴的指責聲。

木蘭花鬆了一口氣。當她剛才接聽電話的時候，她的心情是十分緊張的，這時，她粗著喉嚨，沒好氣地道：「或許是吧！」立即放上聽筒。

她向那躺在椅上昏迷不醒的報務員看上一眼，又在他的臉上噴了一下麻醉劑，又迅速地回到了那個木架的旁邊。

這一次，她才在木架旁站定，便聽得那木架發出了一陣極其輕微的聲音，向旁移了開去！木蘭花連忙一閃身，貼牆而立。

木架移開了三呎半，一個肥胖、臃腫的身子，便向外踏了出來。

7 英雄無用武之地

木蘭花只看到背影，雖然那胖子的頭上包著一大幅毛巾，看來像是剛洗完頭，但木蘭花也可以知道他是「金星」。

她不等「金星」發現裡面的情形，便立即踏前了一步，匕首向前伸出，按住了「金星」的後心，冷冷地道：「好了，我們該好好來談一談了！」

「金星」的身子陡地呆住。

「嘿嘿，」他居然還能發出冷笑，說：「木蘭花？」

「不錯，鬼魂出現了，你還能逃避麼？」

「我想你不敢開槍，槍聲一響，你還走得脫麼？」

「金星」的聲音，此際不再是懶洋洋的了，木蘭花只覺得「金星」的聲音在聽來並無懶洋洋的感覺之後，仍然十分耳熟。

可是，在一時之間，木蘭花的印象卻又十分模糊，想不起在什麼地方，曾經聽到過這樣一個聽來帶著極度自傲的聲音。

「你錯了，」木蘭花回答，「我抵住你的，是一柄鋒利的匕首，而不是手槍。但是卻一樣可以取你的性命，只消我向前輕輕地一送。」

「好，算你勝利了，你要什麼？」「金星」的聲音聽來仍是十分傲慢。

「阿敏娜，我要她。」木蘭花沉靜地回答。

「木蘭花小姐，我在想，你的身手，你在遠東方面的名氣。都使你足夠資格成為我們黑龍黨核心部分的一員。『土星』死在你的手下，我向『太陽』推薦你代替他的位置，好不？」「金星」好整以暇地說。

「阿敏娜在什麼地方，你帶我去見她！」木蘭花嚴厲地低喝。

「不，我沒有這個打算。」「金星」的聲音竟越來越鎮定。

木蘭花心知「金星」必有所恃，可是她卻不知「金星」恃些什麼。她如今還占著上風。「金星」為什麼竟能如此鎮定呢？

她將手中的匕首又向前伸出了少許，道：「你想做英雄……」

木蘭花的這一句話還未曾講完，「金星」的身子反而向後陡地退去。他的身子突然退了幾吋，木蘭花手中的那柄匕首，是極其鋒銳的利器，立即插進了「金星」的背心，約有五吋。

木蘭花的匕首是抵住「金星」的致命部位的，插進去五吋，那正好刺中心臟，「金星」是會立即喪命的。木蘭花心中不禁愕然，不明白為何「金星」忽然會有這樣愚蠢的行動。

她後退了一步，等著「金星」肥胖的身子倒下地去。

可是，「金星」身子卻並不倒，他反而迅速地轉過身來，手中多了一柄手槍，槍管像是青蛇一樣地指住了木蘭花。

在那一瞬間，木蘭花實是呆住了。她實在難以想像，為什麼一個人在心臟部位中了匕首之後，竟能不倒下，而且還能泰然自若地轉過身來，以槍對著敵人。

「木蘭花小姐，請坐。」在木蘭花驚愕莫名間，「金星」已開口說話。他的語氣十分鎮定，十分自然，一點也沒有受傷之後痛苦的感覺。

木蘭花連忙向他看去。

她才一和「金星」打了一個照面，便不禁呆了一呆，不由自主坐了下來。

她看了「金星」的真面目，那是一張有著十分凶殘神情的臉，眼中的神色冷酷之極，以致使他的眼珠看來像是兩塊棕色的石頭，木蘭花在一眼之間，只看出他是一個拉丁人，而難以確定他的國籍。

這一切，都是不值得大驚小怪的事，也不足以使木蘭花不由自主地坐了下來。因為「金星」當然可以是一個冷酷無情的人，也可以是一個拉丁人。

但是，使得木蘭花吃驚的是，「金星」的面肉瘦削，顴骨高聳，那只是一個瘦子所應有的頭臉，而絕不會是一個胖子的頭臉！

然而，「金星」的身子卻那樣肥胖臃腫！

木蘭花的錯愕驚駭，自然只是極短時間的事情，她立即明白了一切。

同時，她也暗恨自己百密一疏，為什麼當以匕首抵住了「金星」的背後，聽到「金星」那種傲慢自大的聲音之際，不仔細地想一想是在什麼地方聽到那樣的聲音的。

如今，她已想起來了。那是昨晚在她自己家中，她躲在屋外時，隔著窗子聽到過那個聲音的。那就是上她家來確定她是不是真的已死的藍衣人的聲音。

「金星」就是那個藍衣人！

「金星」本來就是個瘦子，而絕不是一個胖子，他那種懶洋洋的聲音是裝出來的，他的肥胖，是因為他的身上穿了厚厚的棉衣，這也就是為什麼匕首刺進了他的背部，他可以毫不受傷的原因，因為厚棉衣保護著他。

木蘭花這時甚至想起，當她以匕首指著「金星」時，「金星」以為指著他的是一柄手槍，那當然也是穿有棉衣或者海綿的原故了。

木蘭花明白了一切。可是卻遲了，如果她早一步明白的話，她可以真的用槍來抵住「金星」，使「金星」不敢反抗。

但如今，她卻是坐在沙發上，對著「金星」手中的槍口！

「覺得奇怪麼？木蘭花小姐。」「金星」冷酷地問。

「一點也不，一個瘦子冒充一個胖子，這有什麼稀奇？」木蘭花冷冷地回答。

「當一種神秘的事被揭穿了秘密之後，都十分平淡無奇。」「金星」仍以那種傲慢的聲音回答著：「如今，你還想見阿敏娜麼？」

木蘭花忍受著「金星」的揶揄，她吸了一口氣，道：「想見的。」

「金星」的左手在他胸前一拉，一條拉鍊拉了開來，他身上臃腫的綿衣褪了下來，他還穿著那件藍衣服，深藍色的衣服使他的身子看來更瘦而已。

「你將見不到她。」「金星」冷然回答。

「什麼？」木蘭花怒道：「你們竟殺害了一個無辜的小女孩。」

「你放心，」「金星」冷冷地笑了起來：「我們還不致笨得去殺一隻會下金蛋的母鵝。」

「好，只要阿敏娜還活著，我就一定要將她自你們的魔掌之中救出去！」木蘭花斬釘斷鐵地說。

「我看這個可能性不大。」

「可能不大，並不等於沒有可能！」

「好，我佩服你的勇氣，小姐，但是根據我們黨中的慣例，你是要被極其殘酷地處死，來為『土星』報仇的，除非你肯代替『土星』的位置。」

「如果這樣的話，」木蘭花鎮定地道：「我願意在你死了之後，代替你的位置。」

「金星」面上，那種殘酷的笑容漸漸擴展，使他的臉看來簡直像一頭狼。

木蘭花嘆了一口氣，閉上眼睛。

在屋外，這時天色早已大明了。

穆秀珍在車子中，實在等得不耐煩了，她不住地張望著那幢花園洋房。洋房中靜悄悄的，似乎什麼事情也未曾發生過。但是，木蘭花卻還不出來！

穆秀珍舉起腕錶看看，已經八點半了。

她再也沉不住氣，打開車門，走出了車子，在那花園洋房的門外徘徊。

她從大鐵門中望進去，只見幾個穿著白衣服的工人正在打掃大廳。

她忍了好一會，才隔著鐵門，向裡面招了招手，叫道：「喂！」

一個女工人抬起頭來，望著她。

穆秀珍招手，道：「你過來。」

那女工人走了過來，隔著鐵門，來到了穆秀珍的面前。

「什麼事？」女工人問。

穆秀珍覺得十分難以發問，她猶豫著，那女工人看了一下，道：「我明白了，你是要進來！」

女工人是拿著掃帚出來的，這時，她伸手一拔，竟拓下一截掃帚柄來，而且那不是掃帚柄，而是一支槍。

「進來吧！」女工人沉聲喝著。

穆秀珍目瞪口呆！

穆秀珍苦笑著，搖手道：「不，我不想進來了。」

那女工已打開了鐵門，喝道：「進來！」

穆秀珍做了一個鬼臉，說道：「進來就進來，只不過你這柄槍，別……別指……著我。」她一面說，一面怯生生地指著那女人手中的槍，使那女人以為她的心中十分害怕。那女人將槍伸得更前一些，喝道：「別廢話！快進來。」

穆秀珍一看到那女人將手槍伸了過來，立即揚起手掌來，掌像刀鋒，向那女人的手腕疾切了下去。那女人怪叫一聲，手中的槍已落了下來，穆秀珍順手抓住了那女人的手腕。

穆秀珍的柔道功夫當然比不上木蘭花，但是卻也極有根底，她一抓住了那女人的手腕，便將那女人向門內直拋了進去。

她只聽得裡面有人在大聲呼喝，她連忙退到了牆邊，喘了一口氣。

這時，她已沒有多作考慮的餘地了，她略停了一停，立即跳進了車子，向前疾馳而去，等到車子轉了幾個彎，看到後面沒有人追來，她才將車子的速度減低，但是她的心中卻是焦急非常。

木蘭花進了那幢花園洋房已有那麼久了，像是一進去就消失了一樣，音訊全無，那只怕凶多吉少，自己一個人又沒有力量去救她，那怎麼辦呢？

她駕著車，在路上兜著圈子，想要回到那幢花園洋房，硬闖進去看個究竟，但是她終於下定了決心：去向方局長和高翔求助！

她駕著車，直駛向警局之後，才知道方局長和高翔兩人全在市立第三醫院，她連忙又轉向醫院。

在市立第三醫院頂樓的一間病房中，有著三個人，一聲不出，面上都十分憂愁，看他們的情形，像是正在等待著什麼。

半躺在床上的是一個相貌十分威嚴，膚色黝黑的阿拉伯人，他的傷勢已經差不多好了，只有左手還吊著繃帶。

在床邊不斷來回踱步的，則是高翔。方局長坐在床邊，仰天望著天花板，像是想在雪白的天花板上找出一點線索來。

「薩都拉先生，」還是方局長首先打破那難堪的沉寂。「如果令千金有什麼不測的話，那麼我實是要遺憾終生了。」

「哈哈，」薩都拉勉強地笑了一下，笑聲中充滿了焦急之意，「方先生，我想不會的，因為黑龍黨方面至今還未曾和我直接接觸，他們對我究竟有什麼要求也未曾提出來，我想他們還不會對阿敏娜採取不利行動的，你們放心好了。」

「薩都拉先生，那你是不是準備答應黑龍黨徒對你提出來的要求呢？」高翔問。

「那要看什麼要求。」薩都拉的聲音十分莊嚴，「如果為了救阿敏娜而要我犧牲所有私人利益的話，我都可以做得到的，只怕黑龍黨所要求的，是要損及我國家的利益，那我就無法可施了！」

他講到後來，容顏不禁黯然。

「他們為何還不來與你接觸呢？」方局長問。

「我也不明白，唉，我實是不明白。」薩都拉回答。

正在這時，門外突然響起了剝啄聲。

三個人的神情頓現緊張，方局長大聲問：「什麼人？」

「護士，」門外傳來了嬌滴滴的聲音，「替病人作例行的體溫測量。」

「其實我已經沒有什麼了，」薩都拉拍著自己的額角，「進來。」

門柄旋動，門被推了開來，一個護士推著一輛小車子，車上放著各種瓷盤，走了進來，到了薩都拉的床邊，將探熱針塞進了薩都拉的口中。然後，她退開幾步，像是要去拉窗簾。

當高翔發現那護士生得十分美麗，但是卻十分面生的時候，那護士已經退到了屋角，控制著整間房間了，她手中也多了一柄手槍，沉聲道：「好，你們兩位，舉起手來，轉過身去。」

也就在這時候，方局長看到，口含探熱針的薩都拉已經閉上了眼睛，側著頭昏睡了過去，探熱針也隨即從他的口中落了下來。

麻醉藥！探熱針上是有著烈性麻醉藥的！

女護士的手槍指著，方局長雖然有十幾個得力探員分布在醫院的四處，但是遠水卻救不了近火，他和高翔兩人只得轉過身，舉起手來。

他們聽得那女護士發出了幾下口哨聲，接著又冷冷地道：「上次我們請到了冒牌的薩都拉先生，但這一次總不會弄錯了。」

「你們會全部不得好死！」

高翔的心中十分憤恨，可是這時，在手槍的指嚇之下，他卻又英雄無用武之地，所以他只好狠狠地咀咒起來。

女護士格格地嬌笑了起來，就在這時，房門突然啪地一聲，被人撞了開來，高翔和方局長兩人立即轉過身去看時，只見兩個穿著醫院雜役制服的人，推進了一架手術床來，到了病床邊上，將薩都拉抬了起來，放在手術床上，蓋上了白布，向外推去。

高翔和方局長兩人看了，心中不禁暗暗叫苦！

因為警方對醫院的監視固然嚴密，但是也絕不會去揭開白布，看看手術床上的病人的。

女護士笑聲不絕，道：「方局長，當真抱歉得很，我們又在你的監視之下，將人弄走了！」

高翔的身子動了一動，像是想不顧一切地反抗，但方局長立即道：「高翔，不要妄動，他們全是殺人不眨眼的凶徒。」

那女護士聽了卻還十分得意，道：「給你說對了，局長大人，其實，這件事和你們全然無關，只是你們要來管閒事！」

高翔側著頭，看著那兩個人推著手術床出病房去，心中一點辦法也沒有。但是，就在手術床將要推出門外之際，卻突然發生了意外。

一個人急匆匆地衝進房中來，恰好和那架手術床撞了一個正著。

那一撞的力道極大，令得推床的兩個人一個站不穩，向後跌倒，手術床也退回到病房中來，高翔一聲高喊，趕緊身子伏地，向那護士滾了過去，女護士正在開槍，她已在手槍上裝上了滅聲器，看情形，她本來是準備在手術床離開病房之後便殺人滅口的。

高翔滾動得十分快，子彈在他的身邊擦過，不等女護士再發第二槍，他已滾到了女護士的腳下，雙手抱住了女護士的小腿。用力一扳，那女護士身子倒了下來，第二槍射中了天花板上的燈，燈泡碎裂的聲音，遠比槍聲來得響亮。

那兩個倒在地上的人站起來想逃，可是方局長早已拔槍在手了。他們兩人，高舉起手來，不敢再動，而高翔也已制服了那女護士，將那女護士手中的槍奪了下來。

女護士面無人色地坐在病床上，只是不住地喘氣。

一切的經過，還不到一分鐘。

在門口，撞倒了手術床，這時正扶著手術床而立的穆秀珍，才一進門，便看到了這樣驚心動魄的變化，不禁莫名其妙！

高翔轉過頭來，向穆秀珍笑了一下。「多謝你了，冒失小姐。」

「怎麼一回事？」穆秀珍問。

「我們的表演還精彩麼？」高翔掠了掠頭髮。

「快！快去救蘭花姐！」穆秀珍不暇去理會這裡究竟發生了什麼，立即提出了她來此的目的。

「什麼？」高翔吃了一驚。

「蘭花姐找到了黑龍黨頭子的住所，可是進去了許久還沒有出來，我們快去救她。」穆秀珍見高翔和方局長兩人只是瞪著眼望著自己，心中更是焦急異常。

高翔和方局長兩人互望了一眼，方局長嘆了一口氣，道：「穆小姐，你受刺激太深了，還是在醫院中休息一下吧。」

「放屁！」穆秀珍大叫：「你們再不去救蘭花姐，她可能死在黑龍黨徒手下了！」

「她不是已經和黑黨龍總部同歸於盡了麼？」高翔懷疑地問。

「沒有！傻瓜，她什麼事也沒有，只不過如今卻在危險之中！」

「穆小姐，你將事情講明白一些好不？」方局長皺著雙眉。他還以為穆秀珍是因為木蘭花之死而刺激過甚，語無倫次。

穆秀珍是一個性急的人，這時叫她從頭到尾，源源本本地將事情講一遍，是沒有這個可能的，她急得頓足道：「你們去不去？」

「小姐。你也得說明我們到哪裡去啊！」

「唉，我不是說過了麼？蘭花姐沒有死，昨晚她和我一齊到了黑龍黨頭子的住所，進去了卻未曾出來，我們要去救她！」穆秀珍總算耐著性子，又將事情以最簡單的話講了一遍。

高翔和方局長兩人明白了，方局長立即召來探員，吩咐將女護士和那兩個人帶到警局去。醫院中的醫生已經來檢查薩都拉被麻醉的程度，正在替他輸送氧氣，令他快些清醒。

而高翔和方局長、穆秀珍，以最快的速度衝出了醫院。高翔和穆秀珍上了穆秀珍的車，方局長則奔到警車旁邊去發命令，調動警方的精銳包圍那一幢花園洋房。

二十分鐘之後，高翔和穆秀珍首先到達了那幢花園洋房之外，兩人跳下了車子，將身子貼在圍牆上，慢慢地向鐵門靠近。

他們更極度小心地將頭探出去，向內看去。

只見整幢房子內都是靜悄悄地，竟像是一個人也沒有。

高翔心中疑惑，道：「是這裡麼？」

「當然是這裡。」穆秀珍不服氣地回答。

「那怎麼沒有人啊？」

「或者躲起來了，我們衝進去。」

「不，等大隊人馬到了再說。」

警車的嗚嗚聲已自遠而近迅速地傳了過來，不一會，三輛警車停在圍牆之旁，一隊穿著避彈衣，戴著避彈盔的警員，衝進了那幢花園的洋房去。

高翔和穆秀珍兩人如臨大敵地跟在後面，也衝了進去。

他們一進大廳，便看到在牆上以紅漆寫著「再會」兩個大字。

「我們來遲了。」高翔頹然。

「可是，蘭花姐呢？」穆秀珍焦急地問。

「如果她還沒有遇害的話，那麼一定是給他們帶到別的地方去了。」

「是我壞的事！是我弄壞的事情！」

穆秀珍捧著自己的頭，來回地搖著。她知道，如果不是她以柔道摔倒了那個女人，黑龍黨徒是不會知道木蘭花還有同伴在外面等著的，只要黑龍黨徒不知道的話，那麼這時大隊人馬殺到，黑龍黨徒一定只有束手就擒的分兒了。可是如今，卻什麼人也沒有了！

這時候，方局長也已趕到了，三隊搜索隊在屋子上下搜索著，經過了半小時之久，一個人也沒有找到，高翔、穆秀珍和方局長三人已滿頭是汗。

那時，木蘭花也不怎麼好過，她仍然在「金星」的控制之下。當穆秀珍摔倒了那個女人，而駕車離去之後，「金星」立即接到了報告，他以手槍指嚇著木蘭花，將木蘭花帶到了另一間房間中。

在那間房間內，竟然有一架小型的升降機，木蘭花和「金星」下降了二十呎左右，又被槍指著，走了出來。

「金星」面上的神情極其得意，地下室的佈置很豪華，他「請」木蘭花在一張椅上坐了下來，面對著一架三十三吋的廣角電視機。

木蘭花盡量使自己輕鬆，她面上甚至帶著真正的笑容，道：「這個位置，看電視倒真不錯。」

「是的，」「金星」在她的斜對面坐了下來，「等一會兒，就要請你看電視，保證是最精彩的節目。」

「是嗎？」木蘭花一面漫聲應著，一面四周打量著，尋求脫身的可能。

這間地下室約莫是二十呎見方，沒有窗子，唯一的門就是那升降機的門。也就是說，要出去的話，只有仍從升降機出去。

這看來是十分簡單的事，木蘭花所坐的地方，離升降機的門只不過八九呎距離。但是，如何能夠通過這八九呎的距離，而使「金星」不開槍射擊呢？當然首先要將金星擊倒，可是又怎樣將「金星」擊倒呢？

木蘭花心中苦笑著，但是她卻以十分動聽的聲音哼著歌曲。

「我佩服你的鎮定。」「金星」冷冷地道。

「我也佩服你們這個組織的龐大，我不能想像你們的總部內，有著什麼樣的設備。」木蘭花故意發難著「金星」。

「金星」得意地笑了起來，「如果你加入了我們，那你就有機會到總部去覲見『太陽』，那時，你就可以知道總部的偉大了，告訴你，我們是不會失敗的，因為『太陽』是世界上最優秀的人！」

「我有同感，最優秀的人，」木蘭花冷冷地道：「卻扣押了一個無辜的小女孩。」

「金星」的面色變得難看起來，「哼」地一聲道：「你還在繼續頑固麼？」

「看來是這樣，你們將阿敏娜藏在什麼地方？」木蘭花問。

「金星」笑了起來，道：「這是我們大買賣的本錢，你想我會講給你聽麼？」

木蘭花作出了一個不屑的神情，道：「你剛才說，我如果不和你們同流合污的話，便要死去，你難道怕我再逃走麼？你何以對你自己這樣沒有信心？」

「你如果再說下去，那我就不給你時間作考慮了！」「金星」狠狠地說。

「你其實是色厲內荏，」木蘭花毫無顧忌地說著：「你怕你自己終於會失敗，而且我一定能夠逃出去，要不然，你何以不敢讓我見一見阿敏娜？」

「金星」的面色越來越難看。他瞪了木蘭花片刻，發出了一聲冷笑，道：「為了證明你的推斷錯誤，我可以給你看一看這個阿拉伯小女孩。」

木蘭花心中感到一點高興，雖然她還絕沒有脫身的把握，但是能夠見到阿敏娜的話，那總算是一項重要的進展。

「好啊，她在什麼地方？」

「你當然不能直接見到她。」

「你這是什麼意思？」

「金星」指了指那具電視機，揚起了他所坐的沙發的扶手，在軟膠之下，是一排按鈕，他按了其中的一個，電視機發出了輕微的「嗡嗡」聲，接著，螢光幕便閃動起來。

一分鐘之後，已經可以在電視的畫面上，看到一間房間，一個頭髮十分長，長得十分可愛的小女孩，正伏在一張椅上看著一本畫報。

還有一個中年婦女，正在房間中陪著那個小女孩。

「你看到了沒有？我們待她可真不錯哩！」

「我看到了。」

「你還有一些別的東西看。」「金星」又按動了另外一個鈕掣，電視的畫面變了，那是一個大客廳，客廳中全是人。

木蘭花立即認出了高翔、方局良和穆秀珍，還有許多警員，正在搜索著。

「金星」笑了起來，道：「你看到了沒有？即使搜索的人再多十倍，他們也找不到我所裝置的電視攝影機，那是超小型的，沒有什麼人會猜到在鋼琴上的那個鎖匙孔，就是電視攝影機的鏡頭，是不是？」

8 死有餘辜

「不錯，你這有線電視攝影、傳播的裝置，可以說是第一流的了。」

木蘭花其實並不能肯定這裡的電視傳真是有線的，還是無線電波傳遞的，但是她卻特意先說成「有線」的，如果她說錯了的話，她知道「金星」一定會糾正她的，但是「金星」卻只是得意地笑著。

木蘭花知道自己沒有說錯。她又記得，剛才電視畫面上出現阿敏娜的時候，「金星」是安裝在扶手上的第三個掣的。有線電視在電視攝影機和電視接收機之間，一定有線可通，也就是說，如果她能夠脫身的話，她一定可以根據那個鈕掣上的電線通向何處，而找到阿敏娜的所在了。

雖然她如今還沒有想到脫身的方法，但是她感到自己又已有了新的進展，所以她十分高興，在沙發上坐得更舒服了一些。

電視畫面上，搜索隊開始撤退。大廳上已不像剛才那樣亂了。

木蘭花看到穆秀珍正在團團亂轉。她也看到高翔和方局長兩人正在愁眉不展，三個人像是正在講話。可是木蘭花聽不到他們的講話聲。

「難道沒有傳聲設備麼？」她問。

「當然有，你可是想聽聽他們在討論些什麼，是不是？」

「不錯。」

「那太容易了。」

「金星」又按動了一個掣。

首先聽到的，是高翔的聲音。

「我想到了！」他叫著。

「想到了什麼？」穆秀珍立即問。

「來，跟我來。跟我去救木蘭花！」他一面說，一面便向大廳外走去。

電視攝影機是採用廣角鏡頭的，可以看到他們三個人一起出了門外。

「金星」怪笑起來。道：「穆小姐，他們到外面去救你去了，而你，則正在地下室中！」

「你不要得意，你怎知升降機也掩飾得那麼好，不會被人發現？」

「哈哈，升降機是在密室之中的密室內的，搜索隊發現了密室，就以為成功了，他們絕想不到密室之中還有密室，而密室的密室中，還有秘密的升降機裝置，這是最普通的心理學，你竟不懂麼？」

木蘭花忍受著「金星」的揶揄，伸了一個懶腰，站起身來。

她想試試「金星」的戒備是否已經鬆懈了——這也是普通的心理學！剛才大隊人馬衝進來的時候，「金星」的心情一定十分緊張，這時警方的人員已經撤退了，「金星」以為自己已經獲勝，當然不會再有剛才那樣地警惕了。

果然，木蘭花站了起來，「金星」並沒有干涉。

木蘭花將鞋子丟在地上，重重地擦了一下，她的鞋跟歪了小半吋。

「金星」當然是絕對覺察不到這一點的。

木蘭花又坐了起來，她的鞋跟中裝著彈性極強的彈簧，當鞋跟被踢向旁轉去之際，彈簧可以將一撮鐵砂彈出來，勁力不下於鳥槍所發射的。

這時木蘭花只消舉起腳來，鐵砂便會射向「金星」了。

但是，「金星」的手槍仍然對準著她！鐵砂不能致人於死。槍彈卻可以射死人，木蘭花必需令「金星」更鬆懈些。

她裝著苦笑了一下，道：「看來，我的確要留意一下你的提議了。」

「金星」點頭道：「這才是聰明之舉，你替補『土星』的位置，和我一起工作，我們不但可以一起工作，還可以……」

他講到這裡，便以十分淫邪的目光望定了木蘭花，木蘭花心中大怒，但是她面上卻仍保持著動人的微笑，道：「是麼？」

「金星」道：「你如果加入了我們，那麼你每年在銀行中的存款數字，可以增加七倍數字以上。沒有什麼比這個更好的了。」

「那麼，你們——或者說我們——是做什麼買賣的呢？」

「什麼都做，最近我們的大買賣則是——」

「金星」才講到這裡，木蘭花突然伸手向電視機一指，道：「你看，大廳中這個，是什麼人呢？」

電視機其實已經關去了，但是木蘭花突然那麼一說，「金星」卻也不由自主地轉過頭去，就在他轉過頭去的時候，木蘭花抬起腳來，鐵砂暴射而出！

她也趁著鐵砂暴射而出之際，一個跟斗，翻到了沙發的背後。

鐵砂顯然弄壞了「金星」的視線，但是卻並沒有使他手中的手槍失去。

「砰砰砰」！他連射三槍。

那三槍射向三個不同的地方，但是卻沒有射中木蘭花。

木蘭花屏住了氣息，仍躲在沙發後面，她將頭伸出去，只見「金星」一隻手正拼命地在擦著眼睛，想恢復視線，木蘭花在地上慢慢地爬行著，到了一張茶几的前面，舉起茶几向天花板上的燈拋去。

「砰」！在她拋出茶几的時候，又有一粒子彈呼嘯而過，木蘭花則已滾在地上了。

她拋出茶几，撞在燈上，地下室中頓時成了一片黑暗。

木蘭花站了起來，貼牆而立。這時，她要脫身而走已經是沒有什麼困難的事了。但是她卻要救阿敏娜，不能就此離去。

她記得「金星」手中的槍已經發射過了四次。木蘭花也知道，他那一型的手槍只能發射七顆子彈。也就是說，只要再引「金星」發射三次的話，她就可以十分從容地來對付「金星」了。

木蘭花伸手摸索著，摸到了一隻酒瓶，她將酒瓶向「金星」站立的地方疾拋了過去，立即閃開。

「砰！」一聲槍響，酒瓶在半空之中爆裂。

「砰！」又一聲槍響，木蘭花剛才站立的地方，嵌進了一顆子彈。木蘭花心中暗忖：照這樣的情形來看，「金星」已經恢復視覺了。

當然，在一片黑暗之中，他仍是看不到目標，但是他已可以看清向他拋來的酒瓶！

剛才開槍時的火光，使木蘭花看到，「金星」的身子是蹲在沙發旁邊的。

木蘭花再次緩緩地移動，在黑暗中，她就像一隻貓兒一樣，無聲無息。

「金星」只有一顆子彈了。他當然會極其小心，不輕易浪費這一顆子彈，而想用這顆子彈來結束木蘭花的。

木蘭花知道，這時他一定用盡目力在尋找著自己。但是木蘭花是不會讓他發現的，因為木蘭花將長髮披在面前，她身上的衣服是黑色的，頭髮也是黑色的，在黑暗之中，她絕無暴露目標之虞。

她貼牆走著，根據記憶，她覺得自己已經繞到了「金星」的後面。

她突然大叫一聲，幾乎是和她那一聲大叫的同時，槍響了！

木蘭花的估計沒有錯，她的確是在「金星」的身後，「金星」轉身發槍，失了準頭，子彈在她的鬢邊掠過，而她已向著「金星」撲了過去！

她一撲到，便抓住了「金星」的肩頭，將「金星」的身子直提了起來，又重重地摔了下去。

但是，當她再度向「金星」撲去之際，「金星」卻已滾了開去。

木蘭花覺出腳踝一軟，身子已被提了起來，原來「金星」也是柔道的高手！

木蘭花的身子被拋出了五六呎，跌在地上，她在地上蹲著不動。

木蘭花知道「金星」一定會趁機迫襲的。她躺在地上，雙腿曲起。

果然，「金星」向前疾撲了過來，木蘭花陡地雙腿一蹬！

她也不知道這一蹬，蹬在「金星」的什麼地方，只聽見「金星」發出了一下狼嗥也似的怪叫聲，向外直跌了出去，在「砰」地一聲之後，便沒有了聲息。

木蘭花又等了片刻，才取出了小電筒，按著了循聲看去。

她看到「金星」正彎著身子，躺在地上。

但是，她也看到「金星」的眼皮正在顫動！那當然是「金星」在誘她上當！

木蘭花心中暗自冷笑了一聲，舉起一張沙發來，向前直拋了過去。

「金星」知道不妙，想要躲避時，卻已經慢了一步，沉重的沙發砸在他的頭部，他的身子軟癱下去，從假昏變成真昏了。

木蘭花撕破了一塊桌布，將「金星」的手反綁了起來，又縛住了他的雙足和塞住了他的口，將他拖到了升降機的門口，等升降機落下時，又將他拖了進去。

這時候，「金星」已經醒過來了，可是他卻一點掙扎的餘地也沒有。

升降機向上升去，不一會便停了下來，木蘭花拖著「金星」到了密室中。

木蘭花看到了電話機，她立即拿起了聽筒，接通了警局的號碼。

高翔，方局長和穆秀珍三人在一籌莫展之際，高翔忽然想起，那兩男一女，在醫院中就逮的黑龍黨黨徒看來，他們是奉命來劫持薩都拉的，他們要將薩都拉劫持到什麼地方去呢？只要向他們追問，不是就可以知道木蘭花的去向了嗎？

這便是高翔在那花園洋房的大廳中高叫他想到了辦法的原故。

而他們退出了那花園洋房之後，也立即趕到警局。只可惜他們一到警局，便得到一個不幸的消息：那兩男一女在拘留所中服毒自殺了，他們是經過搜身的，毒藥藏在什麼地方，竟也無法知道。

高翔頹然，穆秀珍急得大叫大嚷，方局長的手指不斷地敲著桌子。

也就在這時候，電話鈴響了。

「秘密工作組。」高翔沒精打彩地拿起了聽筒。

「是高主任麼？」那邊傳來一陣清脆悅耳的聲音。

剎那之間，高翔面上的神情難以形容到了極點，他張大著口，瞪大著眼，好一會才道：「是，是，噢，不，我是高翔。」

「快來你們剛才來的地方，我就在這裡。」木蘭花的聲音，這時在高翔聽來，簡直如同仙樂一樣，「告訴你，『金星』已經是我的俘虜了。」

「你太偉大了，我們立刻就到。」

「誰？」方局長和穆秀珍兩人同聲問。

木蘭花已經放下了電話，高翔卻還握著聽筒在搖著。

「木蘭花，是木蘭花。」

「她在哪裡？」兩人又同聲問。

「就在剛才我們去過的地方！她已經俘虜了『金星』！」

「我們快去！」穆秀珍拉開了門，向外面便衝。方局長似乎也年輕了三十歲，跟著向外奔去。

木蘭花在放下了電話之後，又將「金星」拖出了密室，來到外面的密室中。木蘭花打開了密室的暗門，將「金星」拖到了樓下，在沙發上坐了下來。

「金星先生，你可以算是一個十分聰明的人，可是如今你還有什麼可說？」如今的形勢已不同了，木蘭花變得十分悠閒。

「金星」怒瞪著眼睛。

「金星先生，你在海達倉庫的密室窗外裝置了一具西洋鏡，從窗外看出去，像是十足一片汪洋。使人以為身在船上，而不敢亂逃，可是你卻弄巧成拙了，如果你將我困在鋼骨水泥，而不是假充木艙的地方，我可能脫不了身哩！」

「金星」口中咿啞作聲，也不知道他是想講些什麼話。

木蘭花笑了笑，又道：「你在銀行中的存款大概不算少，可是你卻要身陷囹圄了，我想，如果你還能出獄，在你出獄之後，你的存款利上加利。那一定是一筆很大的數字。」

「金星」突然怪聲叫了起來。

「你想講話是不是？」木蘭花順手拉去了塞在他口中的布塊。

「穆小姐，」「金星」喘著氣，「我願意以十萬美金，來換取我的自由。」

「像你這種人類的蟊賊，值得十萬美金那麼多麼？」木蘭花毫不客氣地譏笑著他。

「你會後悔的，你會後悔不及！」「金星」狠狠地說。

「或許是，但如今，你看什麼人來了。」木蘭花伸手指向門口，「金星」閉上眼睛，因為方局長、高翔和穆秀珍已經衝了進來，後面還跟著六個武裝警員。

「蘭花姐，你剛才在哪裡？」穆秀珍握住了木蘭花的手，高興得流起淚來。

「我在地下室，通過電視，我還看到你們哩。」木蘭花向地上一指，道：「這位就是『金星』先生，黑龍黨的第三號人物，我想，不消三四天，我們就可以知道這位先生的真正來歷了。」

「穆小姐，」高翔猶豫著，「你怕是弄錯了吧，『金星』是一個胖子。」

「不，我沒有錯，他穿著棉衣，將自己裝成是胖子，這是一個狡猾透頂的傢伙！」木蘭花回答。

「你說得不錯！」「金星」突然插口，「正因為我狡猾，你們沒有法子將我帶離此處。」

「放你的狗屁！」穆秀珍走了過去，在「金星」的身上踢了一腳。

「彭小姐，準備接受命令，」「金星」高叫著：「如果我再度發令時，你便殺死阿敏娜！」

「金星」突然發出了這樣的命令，眾人都不禁為之愕然！

穆秀珍立即道：「你見鬼了麼？這裡有什麼人在接受你的命令？」

「金星」卻又道：「彭小姐，這裡的任何人如果有搜索你所在之處的傾向，你也立即下手！」

「金星」的面上現出了一個十分狡猾的神情來，道：「通過傳音器，我的手下已聽到我的命令了。」

「呸！」穆秀珍不信，「你在裝神弄鬼。」

「彭小姐，你讓他們聽聽你的聲音。」

在大廳正中的吊燈上，突然傳來了「答」地一聲，接著便是一個中年婦女的聲音，道：「金星，我已聽到你的命令了。」

在那中年婦女的聲音之後，突然又聽到了一個小女孩的聲音，道：「彭阿姨，你真的要殺我麼，你不喜歡和我在一起——」

小女孩的聲音，到了一半便陡地停止。

「那便是阿敏娜。」「金星」面上的神情洋洋得意，「而彭小姐，我相信方局長一定不會陌生的，她叫彭可，英文名是安格烈・彭。」

「我知道，」方局長的聲音中充滿了怒意，「她是一個心理變態的殺人犯。去年由精神病院逃出來的。」

「好了，彭小姐會毫不猶豫地執行我的命令，甚至會提前實行我的命令——如果她在電視機處看到我的待遇還未曾改善的話。」

木蘭花一個箭步，向放在大廳一角的鋼琴走去。

「別去碰那電視攝影機，」「金星」尖聲叫：「彭可是一個神經不正常的人，當她看到電視畫面突然中斷的時候，她會發狂的。」

木蘭花陡地站住。這時，大廳之中，人人都面面相覷，說不出話來。

阿敏娜當然是在一間密室之中，而且，木蘭花已經可以有辦法找到那間密室了，但是這時，他們卻不能有所動作，因為這個無辜的少女的生命正在受到威脅。

「你這頭卑鄙的老鼠！」高翔忍不住罵。

「好，就算我是，請你將我手足上的布帶解開來，要不然，我又要發新的命令了。」

沒有人去解開「金星」手上和腳上的布帶。

「金星」冷冷地道：「好，我數到十，如果沒有人來動手解縛的話，阿敏娜將是一具屍體。」

「一……二……三……四……五……六……」他開始數了起來。

「高先生，」木蘭花首先開口，「請將他解了開來。」

「穆小姐，這是──」

「高先生，你難道忍心見一位小姑娘受害麼？你沒有見過她，可是我見過她，我雖然只在電視上見過她極短的時間，但是她卻是一個人見人愛的小姑娘，沒有一個稍有人性的人會忍心看著她死去的。」木蘭花以充滿了感情的聲音說。

「高先生，你快去吧！」穆秀珍雖豪邁，但心腸卻十分軟，木蘭花的話，令得她眼眶都潤濕了。

高翔嘆了一口氣，走過去開始將「金星」手上腳上的布條解開來。

他在做著這件事的時候，心中不情願到了極點，因之故意十分慢。

木蘭花繼續說阿敏娜是那麼可愛，誰會去傷害她呢？如果有什麼人傷害了她，那麼那個人在一閉眼睛的時候，難道會不看見阿敏娜可愛的樣子麼？良知不受譴責麼？

高翔本來還不知道木蘭花這樣不斷地說著，是什麼意思。但是，當木蘭花第二次略停了一停之後，他便明白了，他明白木蘭花是想感動彭可，要彭可違抗「金星」的命令，不下手殺害阿敏娜。

但是這有可能麼？彭可是一個心理不正常，有著嗜殺狂的人啊！

然而，不管有沒有可能，這似乎是唯一可試的辦法了。

他已然猜到了木蘭花的心意，解縛的動作便進行得更慢。

木蘭花的聲音充滿了感情：「剛才我們聽到阿敏娜的聲音，那是多麼天真純潔，好聽悅耳之聲，這種聲音，即便是豺狼聽了也會心軟的，不要說是人了。」

「金星」不耐煩高翔解得慢。連聲喝道：「快！快！」

「你心急，你就自己來。」高翔仍是慢條斯理地。

「唉，」木蘭花忽然嘆了一口氣。「阿敏娜的小心靈中一定在想：誰會害我呢？沒有人會害我的，只有人會和我在一起玩，陪我睡，講故事給我聽，沒有人會害我的，我只是一個小女孩啊！」

「住口！」「金星」突然怪叫，他也明白了木蘭花的意思。「你別白費心機了。」

木蘭花講得口也乾了，仍是一點動靜也沒有，她不禁真的嘆了一口氣，難道彭可當真是一個嗜殺如狂的人，連這樣可愛的一個小女孩都不肯放過？

高翔也沒有法子再拖時間了，他終於解開了「金星」手腕上的布帶。

「金星」的雙手一可以活動，便推開了高翔，自己將腳上的布條解開，然後，他站了起來。

「你們只好看著我離開這裡，」「金星」奸笑著，「在我離開這裡之後，你們當然可以設法尋找阿敏娜的。你們是勝利了，但是你們卻還未全勝，因為我能在你們眼前大搖大擺地走出去。

眾人的面上都充滿了怒容，但是卻又沒有人有動作，人人都知道，「金星」是窮凶極惡的匪徒，但是為了阿敏娜的安全，卻又只能眼睜睜地望著「金星」向門外走了出去。

「金星」在大廳門口略站了一站道：「你們可以對薩都拉說，他雖然得回了女兒，但我們仍然會有辦法對付他的，別忘記，黑龍黨是無敵的！」

每一個人都望著在門口的「金星」，沒有人注意到大廳的側門，被輕輕地推開，一個中年婦女帶著一個長髮圓臉的小女孩，站在門前，那中年婦女的面上，帶著十分羞慚的神情。

但是「金星」卻看到了那中年婦女和這個小女孩，他自然也認得出那是彭可和阿敏娜！他的面色陡地大變，整個人呆了一呆。

他知道，如果眾人之中，有什麼人轉頭去看一看，或是彭可一出聲的話，那麼他就完了，他如今還完全在手槍的射程之內！

他不敢轉過身去，倒退著身子，向外迅速地退去，退到了鐵門旁。

就在這時，彭可開了口：「剛才講話的，是……哪一位小姐？」

彭可的聲音突然響起，令得人人都回頭看去，陡然之間，每個人都一呆，而「金星」則已推開了鐵門，向外奔去！

木蘭花叫了一聲，猛地推倒了一名武裝警員，自那警員的身邊奪過槍來。

「砰！」槍響了，子彈呼嘯而出，已到了鐵門外的「金星」，身子向地上倒去。但是幾乎是立即著地，他又一躍而起，身子已看不見了。

高翔衝了過去，將阿敏娜抱了起來。阿敏娜以純正的英語道：「先生，你不要抱我，彭阿姨是我的好朋友，她說，聽了那一位阿姨的話之後，她更不會傷害我的，你放我下來。」

高翔猶豫了一下，他實是不能相信一個嗜殺成狂的人，但是，當他看到阿敏娜面上那種近乎聖潔的天真，和彭可臉上那種流露出愛的神情之後，他將阿敏娜輕輕地放了下來。

的確，正如木蘭花所言，就算是豺狼，見了阿敏娜那樣可愛的小女孩，都不會下手殺害的，何況彭可是人，再加上彭可曾和阿敏娜在一起生活了許多天，而木蘭花的話又如此感人，她怎會下手害阿敏娜？

高翔心中感到，木蘭花又成功了！

他回過頭去，只見大廳之中，已只有他一個人了。

他也連忙追了出去，才出鐵門，便遇上了方局長。

「啊呀，你怎麼出來了？阿敏娜呢？」

「和彭可在一起。」

「你這人——」方局長急得說不出話來。

「不要緊的，阿敏娜和彭可在一起十分安全，方局長，你應該相信，再凶惡的人。只要他是人，總是有人性的，只要我們能循循善誘的話，人性就會擴展，而掩沒獸性。」

他轉過身去，彭可已帶著阿敏娜走了出來。

「你看到了沒有？」

方局長看到了，他看到阿敏娜可愛的，紅撲撲的小臉倚在彭可的身邊。

方局長也不禁為這種情形而感動，他趨前了兩步，道：「彭女士，你還認得我麼？」

「認得，我想見一見剛才說話的那位小姐，她在什麼地方？」

「他叫木蘭花，快回來了。」

彭可的眼睛有些潤濕，方局長和她講話，一面示意高翔將阿敏娜帶開去。

高翔拉著阿敏娜的手，走開了丈許，笑著道：「阿敏娜，你爸爸來了，你可知道麼？」

「我爸爸?他可是和我一樣，坐水上飛機來的麼？」阿敏娜仰著頭，天真地問。

「是的，我帶你去見他，好不好？」

「好！」阿敏娜拍著手，歡叫著：「我要彭阿姨和我一起去見爸爸，她是我最好的朋友。」

「好的，但是彭阿姨還要等一個人。」

遠遠地，已看到木蘭花在奔過來了。

等木蘭花到了面前，彭可問道：「就是這位小姐麼？」

方局長點了點頭。

彭可跨出了一步，突然在木蘭花的面前跪了下來，放聲大哭！

一時之間，木蘭花倒有點不知所措，但是旁觀的人卻都為此情此景感動。木蘭花連忙將彭可扶了起來。

「小姐，你的話，使我覺得自己還是一個人，」彭可哭道：「我既然還是一個人。我就不能做連豺狼也不會去做的事！」

木蘭花忙勸道：「彭女士，你不必太激動了，我相信在我們將事實的經過講給阿敏娜的父親聽了之後，他一定會允許你繼續和阿敏娜生活在一起的，因為你做了一件十分偉大的事，你救了她。」

「我不配，我實在不配！」彭可仍緊掩著臉哭著。

阿敏娜卻悄悄地來到了她的身邊，道：「彭阿姨，你蹲下身子來。」

彭可呆了一呆，蹲下身子去，阿敏娜在她的臉上「嘖」地吻了一下，道：「彭阿姨，你配的，你是我最好的朋友。」

彭可緊緊地抱住了阿敏娜，笑了起來，可是她雙眼之中卻仍然淚水直流。

「穆小姐，你們去追『金星』，結果怎麼樣了？」高翔這個問題已在心中忍了好久，但因為剛才的場面太感人，所以忍到這時才發出來。

「唉，」木蘭花嘆了一口氣，道：「本來我們是想將他生擒的，怎知他卻不肯聽令停下來，所以就被機槍射死了。」

「哼，這種罪大惡極的凶徒，可以稱得上死有餘辜，蘭花姐，你還替他可惜麼？」穆秀珍憤然地說。

「當然不是替他可惜，」木蘭花的面容非常沉重，「而是替我們可惜，黑龍黨在遠東的頭子是『金星』和『土星』，如今兩人都已死了，你想，黑龍黨會和我們善罷干休麼？」

「當然不會。」高翔和穆秀珍同聲作答。

「那就是了，如果我們生擒了『金星』的話，我們就可以在他的身上得到有關黑龍黨的許多資料，但如今我們卻得不到了，也就是說，我們要和黑龍黨作戰，仍然如同盲人摸象一樣！」

「穆小姐，」方局長衷心地說：「你在開始答應我救阿敏娜的時候，不是也一點頭緒都沒有麼？但是你還是成功了！」

「這絕不是我一個人的功勞。」木蘭花謙虛地說：「各位誰不出了一分力？」

高翔和方局長兩人不禁紅了紅臉。

「我相信，」木蘭花繼續說：「在這裡，還可以找到一些有關黑龍黨在本市的資料，例如他們已經和本地的匪徒是不是有聯絡之類，只要根據電視線去搜查，是不難發現所有密室的，這純粹是警方的事情，我要回家去了。」

她講完之後，轉過身，和穆秀珍兩人一齊向外走去，高翔望著她的背影，揚眉欲言，可是終於未曾開出口來。

木蘭花和穆秀珍兩人一轉過街口，木蘭花便停了下來，向後面望去，在前面的牆角處，似乎有兩個人影閃了一閃，縮到了牆後。

「秀珍，我們的確是惹上了空前未有的大麻煩了。」木蘭花感嘆地說。

「不怕，麻煩越大越好。」穆秀珍拍拍胸口。

「你倒說得輕鬆，我要提醒你，在最近一個月中，你一個人不要單獨出街，隨身要攜帶一切應用的武器，你明白麼？」

穆秀珍面上大有不服的神氣，但是她卻不敢違逆木蘭花的意思，勉強答應了一聲。

三天之後，在市立第三醫院中，木蘭花、穆秀珍、高翔、方局長，全都在頂樓的病房中。

除了他們四人之外，還有薩都拉父女和彭可。

薩都拉以十分莊嚴的聲音向眾人宣布：「我已決定聘請彭女士為我女兒的褓

姆了。」

彭可有點忸怩地低下了頭，顯得她的心中正十分之高興。

「而我的傷也痊癒了，」薩都拉繼續說著：「我今天便要回阿拉伯去了，這次來到遠東，能夠認識各位，能夠和勇敢、機智得無可比擬的中國人做朋友，我實是感到太榮幸了。」

「你太客氣了，薩都拉先生，祝你旅途愉快！」方局長代表眾人說。

正在這時，忽然有人敲門。

「進來。」高翔應聲道。

門推了開來，進來的是一個護士，她的手中捧著一束鮮花，那是十分名貴的斑葉蘭花。

「薩都拉先生，有人送花來給你，祝賀你出院。」女護士微笑著說。

高翔一伸手將那束蘭花搶了過來，在花束上，繫著一張卡片。

當高翔將卡片翻過來的時候，人人都看到了卡片上用打字機打出來的字：

「祝你旅途愉快，我們很快會再見面的。」

這本來是很普通的祝賀詞。但是，在這兩句祝賀詞的下面，卻赫然是「水星」兩字！

在病房中的眾人早已想到黑龍黨徒在遠東受了重創之後，是絕不肯干休的，是以他們也並不感到什麼意外。

他們都發出了一聲冷笑。

「我看我們家中，一定也有人送這樣名貴的蘭花來了。」木蘭花說。

「怕什麼，送多少來我都要！」穆秀珍又挺起了胸膛，大聲說。

「薩都拉先生，你回到了你的國家之後，黑龍黨徒雖然恨你，卻也不能怎樣奈何你，但是——」木蘭花頓了一頓，「在旅途中，你卻要千萬小心。我們如今是不能不承認黑龍黨徒是一幫神通廣大的超級罪犯了！」

「你的忠告，我一定牢記在心。」薩都拉十分誠懇地說：「我也想到了這一點，所以我放棄了坐私人飛機的意圖，而改搭大航空公司的客機。」

「對，這樣便安全得多了。」木蘭花點頭，表示同意薩都拉的辦法。

她和穆秀珍與眾人告別，而高翔和方局長則送薩都拉一行三人到機場去。

木蘭花和穆秀珍兩人到了家中，便看到她們餐桌上的一隻花瓶上，插滿了名貴的蘭花。而在花瓶之下，則壓著一張卡紙：

「祝兩位愉快。『水星』。」

木蘭花將那張卡紙在手掌中拍了拍，說道：「果然不出我所料！」

「我也說過了，越多越好！」

「他們送花來，自然是越多越好，但當他們送你子彈的時候，你怎麼說呢？」

「我就不會回敬麼？」穆秀珍是永遠沒有服氣的時候的。

木蘭花不再和她爭辯下去，只是獨自在沙發中坐下來沉思。

在過去的幾天中，她和黑龍黨徒作過劇烈的血戰，她勝利了，她亟需休息，但是，在黑龍黨徒還公然挑戰的情形下，她又怎能休息呢？

她望著窗外，炎陽如火，想像著即將展開的龍爭虎鬥，一言不發……

請續看《木蘭花傳奇》2 太陽女

倪匡奇情作品集

木蘭花傳奇1 銳鬥（含：迷霧、黑龍）

作者：倪匡 著
發行人：陳曉林
出版所：風雲時代出版股份有限公司
地址：10576台北市民生東路五段178號7樓之3
電話：(02) 2756-0949
傳真：(02) 2765-3799
執行主編：朱墨菲
美術設計：許惠芳
業務總監：張瑋鳳
出版日期：2023年6月
版權授權：倪匡
ISBN ：978-626-7303-62-7
風雲書網：http://www.eastbooks.com.tw
官方部落格：http://eastbooks.pixnet.net/blog
Facebook：http://www.facebook.com/h7560949
E-mail：h7560949@ms15.hinet.net
劃撥帳號：12043291
戶名：風雲時代出版股份有限公司

風雲發行所：33373桃園市龜山區公西村2鄰復興街304巷96號
電話：(03) 318-1378　　傳真：(03) 318-1378
法律顧問：永然法律事務所 李永然律師
　　　　　北辰著作權事務所 蕭雄淋律師

行政院新聞局局版台業字第3595號 營利事業統一編號22759935

定價：299元　

國家圖書館出版品預行編目資料

銳鬥／倪匡 著. -- 臺北市：風雲時代出版股份有限公司, 2023.05, 面； 公分.（木蘭花傳奇；1）

ISBN : 978-626-7303-62-7（平裝）

857.7　　　　112003687